Savaş Bölgesinde İnsan Olmak

Translated to Turkish from the English version of

Being Human in a War Zone

Meher Pestonji

Ukiyoto Publishing

Tüm küresel yayın hakları

Ukiyoto Publishing

2023 yılında yayınlandı

İçerik Telif Hakkı © Meher Pestonji

ISBN 9789360160241

Tüm hakları saklıdır.

Bu yayının hiçbir bölümü, yayıncının önceden izni alınmaksızın elektronik, mekanik, fotokopi, kayıt veya başka herhangi bir yolla çoğaltılamaz, iletilemez veya bir erişim sisteminde saklanamaz.

Yazarın manevi hakları ileri sürülmüştür.

Bu bir kurgu eseridir. İsimler, karakterler, işletmeler, yerler, olaylar, yöreler ve olaylar ya yazarın hayal gücünün ürünüdür ya da hayali bir şekilde kullanılmıştır. Yaşayan veya ölmüş gerçek kişilerle veya gerçek olaylarla olan benzerlikler tamamen tesadüfidir.

Bu kitap, yayıncının önceden izni olmaksızın, yayınlandığı cilt veya kapak dışında herhangi bir şekilde ödünç verilmemesi, yeniden satılmaması, kiralanmaması veya başka bir şekilde dağıtılmaması koşuluyla satılmaktadır.

www.ukiyoto.com

*Düşünce yüzer
bir kafaya dalar
etrafta yüzüyor
sürüklenip gidiyor*

*Eğer tutmaya değerse
kağıt üzerinde dondurun*

*Kelimeler
kağıda hapsolmuş
zihinleri ateşleyin
sigorta fikirleri
planlara
eylem için*

İçindekiler

Sokağa Çıkma Yasağı	1
Neden Kaçış?	5
Asi	14
Annenin Korkuları	25
Miras	34
İki Ev, Ama Evsiz	40
Rakipler	52
Ne gündü ama!	61
Aşk, Her Şeye Rağmen	67
Savaş Bölgesindeki Çocuklar	74
Sürgün Olarak Yaşamak	80
Savaştan Sonra	93
Vicdan	106
Kız Çocuklarının Eğitimi	111
Yazar Hakkında	*121*

Sokağa Çıkma Yasağı

Yalnız asker boş sokağa girmekte tereddüt etti. Ölçülü adımlarla ilerledi, adım üstüne adım attı, gözleri yoldan çatıya, çatıdan geriye baktı, silahı bir o yana bir bu yana doğrulttu. Ürkütücü sessizliği sadece ağır çizmelerinin çıkardığı gıcırtılar bozuyordu. Parmaklıklı pencerelerden binlerce gözün derisini yırttığını hissetti. Meraklı, delici gözler. Korktuğu kadar... Askerler korkmaz, diye hatırlattı kendine.

Başka bir ses. Açılan bir kapının gıcırtısı. Asker içgüdüsel olarak silahını kaldırdı. Kollarını göğsünde kavuşturmuş bir adam kapının önünde kaskatı durmuş, bakıyordu. Askerin ağabeyine benziyordu. Aynı boy, aynı geniş omuzlar, aynı kahverengi saçlar.

"Sokağa çıkma yasağı var! İçeri gir!" diye bağırdı asker. Adam hareket etmedi. "Gördüğünüz yerde vurun emri aldım! Geri çekilin!"

Adamın pozisyonunda bir değişiklik olmadı. Askerin dudağı titriyordu. Ateş etme arzusu yoktu. Daha önce hiç kimseyi öldürmemişti. Ama emrine itaat edilmesi gerekiyordu. Çünkü itaat etmesi gereken emirler vardı.

"Son uyarı!" diye bağırdı, sesi titremediği için rahatlamıştı. "Derhal içeri girin!" Adamın duruşunda bir değişiklik olmadı. Asker için başka seçenek yoktu. Titrek bir parmak tetiğe bastı, silah havaya doğrultuldu. Sessizlik vızıldayan bir mermiyle bölündü. Adam hala hareket etmiyordu. O bir şeytan mıydı? İntihara mı meyilliydi? Tehlike karşısında nasıl hareketsiz kalabilirdi!

Ailesi kapının arkasında, diye düşündü asker. Annesi mi? Karısı? Çocukları? Kendi annesi güvenli bir şekilde çok uzaklardaydı. Onu bu adamın yaptığı gibi koruyacak cesareti var mıydı? Bu düşünceyi bir kenara itti. Şimdi zayıflık zamanı değildi. Emirleri açıktı. Kimse sokağa çıkma yasağını ihlal etmeyecekti.

Silahını doğrulttu ve ateş etti. Adamın omzunda kırmızı bir leke belirdi. Arkasındaki kapı açıldı ve adam içeri çekildi. Birkaç saniye içinde başka bir adam onun yerini aldı, kollarını aynı şekilde göğsünde kavuşturmuştu.

Halüsinasyon mu görüyordu? Silah gözlerini ovuşturmasını engelledi. Namlu hâlâ sıcaktı. Adamı yaralamamış mıydı? Kendisinin de vurulabileceğini bile bile neden bir başkası onun yerini alsındı? Gözlerini kırpıştırdı, sonra tekrar kırpıştırdı. İkinci adam hâlâ oradaydı.

İkinci adam ilkine benziyordu. Sadece gömleği mavi değil siyahtı. Aynı meydan okuyan pozisyonda duruyordu. Sessizdi. Meydan okuma askerin sinirlerini bozmaya başlamıştı. "İçeri girin!" diye emrederken dudakları titriyordu. Sokağa çıkma yasağı!"

Adam sağır mıydı? Bütün aile sağır mıydı? Hepsi deli miydi? Bir savaş olduğunun farkında değiller miydi? Otoriteye karşı geldikleri için öldürülebileceklerini!

Otorite...? Ne otoritesi? O sıradan bir çiftçinin oğluydu. Dövüş sanatlarına olan ilgisi yüzünden orduya katılmıştı. Sadece üniforması ona otorite veriyordu. Üniforma saygı getirirdi. Kızların hayranlığını. Ve otorite. Ordunun bir temsilcisi olarak itaat edilmesi gereken bir sesti.

Üstlerine itaat etmek üzere eğitilmişti. Üç yıl boyunca karşı gelme düşüncesi aklından bile geçmedi. Kaslarını güçlendirmek, zorlu arazilerle mücadele etmek, atış poligonunda hedefleri vurmak için eğitilmişlerdi. Hiçbir şey onu başkaldırıyı bastırmak, isyan eden vatandaşları kontrol altına almak için eğitmemiş miydi? Bu bir çete değildi. Sokağa çıkma yasağı sırasında sokakta tek başına duran bir adamla nasıl başa çıkacaktı?

Tüm kasaba kargaşa içindeyken bu sokak neden bu kadar sessizdi? Asker sokakta başka deliler olup olmadığını görmek için etrafına bakındı. Hiç kimse yoktu ama yaklaşık yüz metre ötedeki siyah gömlekli adam ona öne çıkmasını işaret ediyordu. Yaralı adamın intikamını almak için bir tuzak mıydı bu?

Korku boğazını sıktı. Adamın duruşu tehditkâr olmasa da asker ona güvenemiyordu. Ama bu deli ailesini merak ediyordu. Birkaç temkinli adım attı, sonra hissettiğinden çok daha emin görünerek adama doğru yürüdü. Kalbi güm güm atıyordu.

O yaklaştıkça adam kollarını göğsünden indirdi. Asker silahını indirmedi. Birbirlerini temkinli bir şekilde değerlendirdiler. Sonra adam döndü, bir tokmağa uzandı ve kapıyı açtı. Dışarıya bir ışık aktı. Adam içeri adım attı ve askere onu takip etmesini işaret etti.

Kaçma dürtüsüne karşı mücadele ederken korku onu içine çekti. Eğitimi onu geride tutuyordu. Bir asker tehlikeden kaçmazdı. Silahını omzuna dayayıp parmağını tetiğe götürerek açık kapıya yaklaştı. Odaya adımını attığında kapı arkasından usulca kapandı.

Odada üç kadın ve yarım düzine erkek vardı. Hepsi de sessizce oturmuş, mavi pelerininin üzerine beyaz bir örtü örtmüş, ellerini kutsamak için kaldırmış, görkemli bir Meryem Ana'ya bakıyordu. Ayaklarının dibindeki derme çatma sunakta üç kırmızı mum parlıyordu. Havada misk gibi bir koku dolaşıyordu.

Bu, köy kilisesindeki Madonna'ydı. Onun önünde binlerce kez diz çökmüştü - annesi hastalandığında, erkek kardeşi işini kaybettiğinde, hatta orduya giriş sınavlarından önce. Felç olmuş gibi duruyordu, ağzı bir karış açıktı, zihni anıların girdabında sıkışıp kalmıştı.

"Ondan seni korumasını iste," diye mırıldandı arkasındaki adam.

Asker silahını bıraktı, diz çöktü.

Neden Kaçış?

Nabeel daha önce hiç bu kadar büyük bir ayna görmemişti. İçinde tüm vücudunu görebiliyordu. Siyah saçlarından dizlerine ve ayak bileklerine kadar. Uzun boylu, ince yapılıydı ve kefiyesiz başının üzerinde kıvırcık bir demet karışık saç vardı. Süslendi, kol kaslarını esnetti, gerindi, kendini farklı açılardan incelemek için öne doğru eğildi. Gördükleri hoşuna gitmişti.

Ayna, otel odasının büyüklüğünü ikiye katladı. İki yatak, bir gardırop, iki sandalyeli küçük bir masa. Her şey ayna tarafından kopyalanmıştı. Bir sandalyeye oturmak garip geldi, kendini bir sandalyede otururken görmek daha da garipti. Yerde oturmaya alışkındı. Yansımasına el salladı; yansıması da ona el salladı. Dilini çıkardı, yansıma da öyle yaptı. Nabeel dönen vantilatöre bakarak güldü. Ayna tarafından iki katına çıkarılmamıştı.

Büyük bir pencere açılıp kapanabiliyor, odayı bütün gün ışıkla dolduruyordu. İşlek bir caddeye açılıyordu. Bir odanın içinde olup da dışarıdaki arabaları görmek tuhaftı. Düzinelerce araba zıt yönlerde hızla ilerliyordu. İnsanlar sakin bir şekilde aralarından geçiyordu. Çarpmaktan korkmuyorlar mıydı? En fazla on iki yaşında bir çocuğun yolun karşısına rahatça geçtiğini gördü. Nabeel bunu yapabilir miydi?

Sarouj'daki evinin penceresi yoktu. Köydeki tüm kulübeler birbirinin aynısıydı - silindirik bir kubbeyle örtülü konik 'arı kovanı evler', tepelerinde küçük yarıklar vardı ve içeriye ışık giriyordu. İçerisi karanlık ama serindi, çölün cayır cayır yanan ışığıyla bir tezat oluşturuyordu. Kuru saman üzerine sıvanmış çamurdan kalın duvarlar ısıyı dışarıda tutuyor ve sakinleri dönen kumdan koruyordu.

Köyü otoyola üç kilometre uzaklıktaydı. Bölgeye sadece iki otobüs hizmet veriyordu - biri sabah, biri akşam. Akşamları annesi küçük kilimini kulübelerinin dışına serer, komşusuyla çarşıdaki hurma, zeytin ve diğer parafenelia fiyatlarını karşılaştırarak sohbet eder, dairesel avlunun en ucundan Sarouj'un en yaşlı sakininin nağmeli flütünü dinlerdi. Rüzgârın uğuldayarak gözlerine toz kaçırdığı günlerde akşamlar başlamadan bitiyordu.

Nabeel her şeyi geride bırakmıştı. Ammuh'uyla birlikte Yunanistan'a gidiyor, ışık ve sıcağın iç içe geçmediği bir dünyaya adım atıyordu. Üzüm bağları ve meyve ağaçlarıyla dolu Yunanistan. İncir ağaçları ve hurma palmiyelerinden çok farklıydı. Bütün hafta boyunca bir portakal koparmanın, onun sulu etini ısırmanın hayalini kurmuştu. Genç ve güçlüydü. Yunanistan'da bir iş bulacaktı. Bir fabrikada, bir çiftlikte, herhangi bir işte. Risk almaya değecekti.

Ammuh yolculuklarını ayarlayan acenteyle buluşmaya gitmişti. Bowa, Nabeel'in masraflarını karşılamak için süt veren iki keçisini satmıştı. Babası ve amcasının kısık sesle Nabeel'in Sarouj'da daha fazla kalmasının güvenli olmadığını konuştuklarını duymuştu. On altı yaşına gelmişti, köyün en uzun ve en güçlü çocuğuydu. Militanların genç erkekleri kaçırmak için köylerde dolaşan gözcüleri vardı. Bowa, Nabeel'i göndermek zorunda kalsa bile onu güvende tutmak istiyordu.

Nabeel onların kararını karışık duygularla karşıladı. Bowa'dan çok Daye'i özleyecekti. Futboldan döndüğünde elinde bir bardak keçi sütüyle kimi beklerken bulacaktı? Kendisi yanında olmadığında Daye'nin kum tutmuş gözlerini soğuk kompresle kim silecekti? Neredeyse çatıya değen rafta depolanan tahılı indirmesine kim yardım edecekti?

Ama modern dünyaya girme fikri heyecan vericiydi. Çok çalışacak, eve para gönderecekti. Militanlar için artık çekici olmayacak kadar büyüdüğünde hediyelerle dolu olarak geri dönecekti. Oğlu olmayan ve Nabeel'e kendi oğlu gibi davranan Ammuh'la gideceği için heyecanlıydı.

Ammuh gideli üç saat olmuştu. Nabeel ayna ve pencereyle yeterince oyalanmıştı. Büyük şehre adım atmak için sabırsızlanıyordu. Sokağın trafiğine girmek için. Yeni hayatına başlamak için.

Kırmızı beyaz kefiyeyi ustalıkla başına sardı ve sağ ucunu omzunun üzerinden sarkıttı. Odayı kilitleyerek merdivenlerden indi ve yaşlı bir adamın giriş yaparken yaptığı gibi anahtarı resepsiyona bıraktı. Sonra sıcak ama sert olmayan güneş ışığına adım attı.

Önünde, her iki yanında çekici dükkân vitrinleri olan dümdüz uzun bir yol uzanıyordu. Otelle aynı taraftaki kaldırım boyunca yürüdü. Geri dönüş yolunu bulacağından emin olmak için otelin görüş alanında kalacaktı. Yolda çok az insan vardı ama bir lokanta kaftanlı adamlarla doluydu ve lezzetli etler yiyorlardı. Birden acıktığını hissetti. Ammuh ona otelde öğle yemeği sipariş etmesini söylemiş ama Nabeel'e para bırakmamıştı.

Gündüz olmasına rağmen tüm dükkânlar onlarca elektrik lambasıyla ışıl ışıldı. Sarouj'daki bir düğünde bile bu kadar ışık yoktu! Ne kadar çok mal vardı! Giysiler, ayakkabılar, bisikletler, bavullar, parlak, geometrik desenli bakır kaseler. Yıllarca kullanılmaktan yıpranmış Daye'ninkilerden daha süslüydü. Tombul bir kadın kırmızı diz boyu bir etek giymişti, alt bacakları görünüyordu! Turist miydi?

Yolun karşı tarafında alışılmadık bir görüntü dikkatini çekti. Yolun karşısına geçme vakti gelmişti. Nabeel kendini hazırladı, kaldırımdan indi ve karşı kaldırıma atlamak için arabaların arasında zikzaklar çizerek hızla karşıya geçti. Frenler gıcırdadı, sürücüler bağırdı ama Nabeel umursamadı. Çok mutluydu! Bunu başarmıştı! Modern dünyaya giriyordu.

Cazip dükkânda dağlar gibi rengârenk meyveler vardı. Hiç bu kadar çok meyve çeşidi görmemişti. Bu piramitler nasıl dengede duruyordu? Birini alıp kaçsa piramit devrilir miydi? Bir adam muz alıyordu. Cüzdanını almak için kaftanını kaldırdığında güneş ışığında bir çelik parıltısı belirdi. Nabeel'in omurgasından aşağı bir ürperti geçti. Bu bir tabancanın kabzasıydı.

Daha önce sadece bir kez silah görmüştü. İki yabancı gizemli bir şekilde Sarouj'u ziyaret ediyordu. Akşam otobüsüyle geliyorlar, doğruca Wahid'in evine giriyorlar ve ertesi sabah otobüsüyle gidiyorlardı. Wahid'in babası dışında kimseyle görüşmüyorlardı. Gece geç saatlere kadar onlarla tartıştığı duyulabiliyordu.

Wahid, Nabeel'den üç yaş büyüktü. Gün batımından önceki saatlerde köyün kenarında futbol oynuyorlardı. Bir gece sesler her zamankinden daha yüksekti ve tüm köy Wahid'in babasının tekrar tekrar "Hayır! Oğlumun gitmesine izin vermeyeceğim!" diye bağırdığını duydu. Bir silah sesi duyuldu. Sonra sessizlik. Korkmuş köylüler kilitli kapıların ardında kaldı.

Nabeel uyuyamamıştı. Sabah erkenden kulübelerinin çatısındaki ince yarığa tırmanarak Wahid'in yabancılar tarafından götürüldüğünü, birinin Wahid'in sırtına silah dayadığını gördü. Muz satın alan adam Wahid'i götürenlerden biri miydi?

Meyve tezgâhının bitişiğinde, yerden tavana kadar her şeyin istiflendiği bir süpermarket vardı - plastik paketler, kavanozlar, okuyamadığı isimlerle etiketlenmiş şişeler. Rengârenk başörtüleri içinde, yüzleri güneş ışığına açık kadınlar, istediklerini küçük arabalara doldurup kasiyerin fatura kestiği tezgâha doğru götürüyorlardı. Ne tuhaf bir pazardı. Kimse pazarlık yapmıyordu!

Tekrar gün ışığına çıktı ve otelini görüp göremeyeceğini anlamak için hızlı bir dönüş yaptı. Evet, işte oradaydı, mesafeden dolayı küçülmüştü ama okuyamadığı bir dilde yazılmış parlak kırmızı bir tabelayla tanınabilirdi.

Kendi yaşlarında iki çocuk Arapça kitaplar satan bir kitapçıya bakıyordu. Bir çiçekçinin, bir berberin, ilkinden daha az kalabalık olan başka bir lokantanın önünden geçti. Sonra yol ikiye ayrıldı. Her ikisi de onu otelin görüş alanından uzaklaştıracaktı. Geri dönmek zorunda kaldı.

Neden kolları bağlı iki adam kavşakta sessizce duruyordu? Karşıya geçmekten korkuyor olamazlardı. Sanki sihirli bir değnek değmiş gibi trafik durdu ve onlar karşıya geçtiler. Nabeel arkalarından koştu ve güvenli bir şekilde otelinin yanına vardı. Arabalar yeniden hareket etmeye başladı. Kendine modern bir şehirde olduğunu hatırlattı. Ammuh ona kırmızı ve yeşil ışıklardan söz etmişti.

Otele döndüğünde Ammuh yatağın üzerinde oturmuş bir tomar belgeyi karıştırıyordu. Nabeel tiz bir sesle parlak ışıklı dükkânlardan, kısa kırmızı elbiseli kadından söz etmeye başladı ve zafer kazanmış bir edayla işlek caddeden iki kez geçtiğini ekledi! Yavaş yavaş amcasının kasvetli ruh hali içine sızdı. Amcasının gözleri kısılmış, vücudu kamburlaşmış, kefiyesi sandalyenin üzerine dikkatsizce savrulmuştu. "Bir sorun mu var Ammuh?"

Ammuh sıkıntılı gözlerini yeğeninin yüzüne kaldırdı. "Seni Saruc'a geri göndermek zorundayım," diye açıkladı.

Kelimeler bir tokat gibiydi. Hayalinin sınırlarına daha yeni dokunmuştu. Bu nasıl elinden alınabilirdi! "Ne-ne oldu?"

Ammuh kırık bir sesle, acentenin gönderdiği son teknenin aşırı yük nedeniyle alabora olduğunu söyledi. Bazı insanlar yüzmeyi başarmış, bazıları boğulmuş. "Yarınki tekneyi de fazla doldurmuş," diye sözlerini tamamladı Ammuh hayıflanarak.

"Daha iyi bir acente bulmalıyız."

"Paramızı iade etmeyi reddetti."

"Paramızı iade etmek zorunda!" diye bağırdı Nabeel öfkeyle. "Onu polise şikayet edin!"

Amcasının yüzü alaycı bir gülümsemeye büründü. "Bizim gibi insanlar polise gidemez. Belgelerimiz olmadan seyahat ediyoruz. Bu yüzden bu köpekbalıklarının yaptıkları yanlarına kâr kalıyor."

Sessizce oturdular, gerginlik onları hissedilir bir pelerinle sarmıştı. Ayna onların sıkıntılı yüzlerini ikiye katlıyordu. Nabeel'in artık bunu görecek gözü yoktu. Kafasındaki kargaşa bir kovanın etrafındaki arılar gibi dönmeye devam ediyor, netlikle temas kurmadan dönüp duruyordu. Işıltılı şehirde sadece birkaç saat geçirdikten sonra manastırdaki evine nasıl dönebilirdi? Neden düzgün bir hayat hayalinden vazgeçmeliydi? Tekrar tehlikeye sürüklenme riskini göze alsın?

Ammuh'un sesi sisi yarıp geçti. "Üzgünüm Nabeel, seni geri göndermek zorundayım."

"Göndermek mi? Gelmiyor musun?"

"Sadece bir otobüs bileti alacak kadar param var."

"Peki ya sen?"

Amcası sessiz kaldı, gözleri yere sabitlenmişti. "Bu acenteye ödeme yapmak için her şeyimi sattım," dedi sonunda. "Sarouj'da hiçbir şeyim kalmadı. Geri dönersem dilenci olacağım. Gemiyle gitmek zorundayım."

Nabeel'in dudağı öfkeyle büzüldü. Hayat adil değildi. Sarouj ile ışıltılı şehir arasındaki tezat bunun yeterince kanıtıydı. Ama bir ajanın insanların birikimlerinden para kazanması adaletsizlikten de kötüydü. Bu bir suçtu.

Nabeel bir anda Yunanistan'a vardıklarında polise katılmaya karar verdi. Kendini üniformalı, otorite sahibi bir pozisyonda, suçluları ezerken görüyordu. Eğer herhangi bir nedenle bunu yapamazsa, bir ajan değil rehber olacak, mültecilerin güvenli bir şekilde karşıya geçmelerine yardımcı olacaktı. Hiçbir teknenin alabora olmadığından, hiçbir insanın boğulmadığından emin olacaktı.

"Ben de seninle geliyorum" dedi Nabeel kararlı bir şekilde. "Sarouj'dan birlikte ayrıldık, birlikte güvende olacağız."

Ammuh başını salladı. "Bu çok tehlikeli. Bir sonraki tekne de alabora olabilir."

"Beni geri gönderirseniz, Vahit'i kaçıran adamlar benim için gelebilir."

"Bu riski almak zorundayız."

"Diğer riski de alacağız. Tekneden sağ çıkma riskini."

"Eğer bir şeyler ters giderse, babana ne diyeceğim?"

Nabeel onun gözlerinin içine baktı. "Eğer bir şeyler ters giderse ne sen ne de ben Bowa'yla yüzleşmek zorunda kalacağız. Tekne alabora olursa ikimiz de yüzeriz."

Asi

Parlak kırmızı ruj, Dariya'nın nefret edilen başörtüsü altında örtünmeye zorlanmasına karşı meydan okumasıydı. Babasıyla arasını iyi tutmak için evden siyah bir giysiyle çıkıyordu ama mahallelerinden uzaklaştığında başörtüsü çıkıyor, yüzü ve şık kıyafetleri ortaya çıkıyordu. Bugün, köylerinden uzaklaşıyor olsa da böyle bir risk almayacaktı.

Babasının aksine eğitimliydi, eski İslam sanatı üzerine yüksek lisans yapmıştı. İşgal sırasında bir Amerikan şirketinde çalışan babasının ağabeyi, Ashkan'ın okumasına izin vermesi için ısrar etmişti. Mezun olana kadar dört yılını Kabil'de onun evinde geçirmiş. Ancak Amerikalılar Afganistan'ı terk edince babası Abband'a dönmesini emretmiş.

Dariya Kabil'de kalmak, yeni hükümete karşı protestolara katılmak istedi. Ashkan buna izin vermedi, kızların protesto etmemesi, yetkililerin işlerini yapmasına izin vermesi ve beladan uzak durması gerektiğini savundu. Bu kez amcası onu desteklemedi. Çalkantılı zamanlarda onun güvenliği için sorumluluk alamazdı.

Dariya köy hayatına uyum sağlamak için hiçbir çaba göstermedi. Zihni genişlemişti. Onu geri çekmek imkânsızdı. Yemek kursları bahanesiyle kadınlarla gizli toplantılar düzenlemeye, onları kitap okumaya, güncel olayları tartışmaya teşvik etmeye başladı. Bugünkü toplantıya katılmayacaktı.

Odasından çıktığında, annesini büyük kare yer yatağında minder ve yastıklara yaslanmış, zayıf ve endişeli bir halde bulduğunda derin bir nefes aldı. Küçük bir kızken yaptığı gibi koşup onun geniş göğsüne sokulmak istedi. Kendini tuttu. Duygusallığın sırası değildi. Güçlü olmak zorundaydı. Kendini gülümsemeye zorlayarak annesinin yanına eğildi.

Sultana kızının elini tuttu ve hüzünle yukarı baktı. "Bunu yapmamız gerektiğinden emin misin?" diye sordu gergin bir sesle.

"Yüzde yüz eminim."

"Ben.... babana hiç karşı gelmedim. O beklememi istiyor...." annesinin sesi titriyordu.

"Daha fazla zaman kaybetmeyeceğiz."

Darya annesinin koluna girerek ayağa kalkmasına yardım etti. Her iki kadın da uzun siyah saçlarını taradı, kulak memelerine, bileklerine ve mendillerine kolonya damlattı, sonra tepeden tırnağa siyahlara büründü. Babasının nargilesi bir kenarda soğuk duruyordu. Dünkü tartışmadan sonra kimse ona taze kömür vermemişti. Baba ile kız arasında sık sık tartışma olurdu. Bu kez Dariya korkutulmamaya kararlıydı.

Dariya annesini nazikçe ama kararlı bir şekilde evden çıkarıp gün ışığına doğru götürdü. Tozlu sokağın bir tarafında tek katlı birkaç ev, diğer tarafında ise bir dağın eteklerine kadar uzanan gri kumlar vardı. Yalnız bir bisikletli, gidonuna asılı hasır sepetinden yeşil yapraklar sarkarak ilerliyordu. Otoyol yarım kilometre ötedeydi.

Sabah güneşi henüz sıcak değildi. Sultana destek için kızının elini tuttu. Yavaşça yürüdü; taşlara takılmamak için gözlerini yola dikmişti. Tüyleri keçeleşmiş bir sokak köpeği tırısla yanından geçerken Dariya annesini kenara çekti. Onu mikroplardan korumak zorundaydı.

Sultana'nın sol kolu zonklamaya başlamıştı. Başörtüsünün altında sağ kolu sol omzuna doğru kıvrılmıştı. Göğsündeki yumru kırmızı bir leke olarak başlamıştı ve o bunu görmezden gelmişti. Sertleşmeye başladığında kızına gösterdi. Dariya onu aile hekimlerine götürmüş, o da MR çekilmesini önermiş ama köy hastanesinde MR makinesi yokmuş.

En yakın MR merkezi üç saat uzaklıktaki Gazne'deydi. Ashkan'ın iznini almaları gerekecekti. Sultana bunu ertelemeye devam etti. Sonunda Sultana'nın göğsünden bir sıvı sızmaya başlayınca Dariya paniğe kapıldı ve onu tekrar Dr. Raşida'ya götürdü. Bu kez doktor bir şişe sıvı aldı ve biyopsi için gönderdi. Rapor kötü huylu bir tümördü. Artık Ashkan'dan sır saklamak yok. Ve evde mini bir savaş başladı.

Dariya babasına teşhisi söyledikten sonra, "Annemi Gazne'deki Aliabad hastanesine götürmem gerekiyor," dedi.

"Dr. Raşida yıllardır ailemizi tedavi ediyor. Neden başka bir doktora gidelim ki?"

"Kanser sıradan bir hastalık değil Dado. Dr. Rashida kanseri tedavi edecek yeterliliğe sahip değil. Kendisi bir uzmana ihtiyacımız olduğunu söyledi."

"O hastanede kadın doktor var mı?"

"Ülkemizde çok az kadın doktor var. Tanıdığım hiç kimse onkoloji alanında uzmanlaşmadı! Nerede varsa orada tedavi olmak zorundayız."

"Birkaç gün bekleyin. Başka bir hastanede bir kadın doktor bulacağım."

Eşinin kanser olduğu haberi Aşkan'ı çok etkiledi. Geleneksel bir Müslümandı, günde beş vakit namaz kılar, ailesinin tüm farzları yerine getirmesini sağlardı. Ailenin kadınlarının bir kadın doktor tarafından tedavi edilmesi yazılı olmayan bir yasaydı. Aşkan, karısının bir erkeğin önünde soyunup göğüslerini ona göstereceği düşüncesiyle irkildi.

Bir kadın onkolog için çılgınca araştırmalar yaparken değerli günler geçti. Yüce Tanrı'ya yakarışları daha yüksek sesle ve daha yoğun oldu. Ama o mantıklı düşünmüyordu. Dariya onu pratik olmaya ikna etmeye çalışırken o nargilesinden üfleyerek dualar mırıldanmaya devam etti.

"Yüzlerce insan kanserden ölüyor. Annem bir an önce uygun bir tedavi görmeli," diye yalvardı.

"İnsanın öleceği gün kutsal kitaplarda yazılıdır. Hiç kimse ölüme meydan okuyamaz."

"Tıp bilimi yaşamı uzatmaktır. Acıyı azaltmaktır."

"İnsanlar doktora gittikten sonra bile acı çekiyor ve ölüyor."

"Annemin acı çekmesini ve ölmesini mi istiyorsun?"

"Sultana benim karım. Hiçbir erkek onun göğsüne dokunamaz. Onu kimin tedavi edeceğine ben karar veririm."

"O benim annem. Onun hayatını kurtarmalıyım. Eski inançlarından vazgeç Dado! Dünya değişiyor."

"Gün geçtikçe daha da kötüleşiyor! Kızların babalara saygısı yok. Seni asla üniversiteye göndermemeliydim."

"Kızlar üniversiteye gitmezse nasıl kadın doktorlar olacak?"

Kadının mantığı ona işlememişti. Başka bir erkeğin karısının göğsünü incelemesine izin vermezdi, veremezdi. Dariya çaresizlik içinde Sultana'yı onun rızası olmadan Gazne'ye götürmeye karar verdi. Bir kadın onkolog aramaya devam etmek zaman kaybıydı.

Sultana ikilem içindeydi. Kocasının isteklerini yerine getiren geleneksel bir eş olmuştu. Ama ağrıları artıyor ve sıvı sızıyordu. Daha elli yedi yaşındaydı. Acıdan korkuyordu, ölümden korkuyordu. Kızı rahatlama öneriyordu. Kızı eğitimliydi. Ona güveniyordu.

Ertesi gün Aşkan mescide gidene kadar beklediler. En az bir saatliğine gitmiş olacaktı. Dariya ve Sultana'nın kaçması için yeterli bir süre. Yanlarında bir erkek olmadan seyahat etmek riskli olurdu. Ama başka seçenek yoktu. Dariya'nın bağımsızlığını ilan edeceği bir zaman değildi. Sultana için bu alışılmadık bir meydan okumaydı. Kocasının isteklerine karşı gelerek erkek bir doktora görünmek için yanında bir refakatçi olmadan seyahat etmek.

Otoyol, sabah güneşinin ışığında parıldayan ince beyaz bir şerit halinde vadi boyunca kıvrılıyordu. İki büyük kamyon zıt yönlerde birbirlerine doğru ilerliyordu. Başka hiçbir araç görünmüyordu. Dariya ve Sultana yolun kenarında durmuş, dakikalar önce orada olması gereken otobüsü bekliyorlardı. Motosikletler hızla geçti, sonra plakasız bir araba.

Sonunda her zamanki gibi tıklım tıklım dolu bir otobüs geldi. Dariya, Sultana'nın otobüse binmesine yardım etti ve otobüste zaten üç kadın olduğunu görünce rahatladı. Saçı sakalı kınalı bir adamın arkasında sadece bir koltuk boştu. Küçük bir çocuk adamın ve karısının kucağına yayılmıştı. Bez ve rexine çantalar baş üstü dar bir rafa doldurulmuştu. Dariya dengesini korumak için bir çubuğa asılı bir kayışı kavradı. Üç iri yarı adamın indiği bir sonraki köye kadar ayakta durmak zorunda kaldı.

Yıllar boyunca el bombası patlamalarıyla delik deşik olmuş bozuk bir yolda sarsıntılı bir yolculuktu bu. Aşırı yüklü otobüs salyangoz hızıyla gıcırdayarak ilerliyordu. Koltuk her sarsıntıda zıpladığı için Sultan acı içinde kıvrandı. Göğsündeki zonklama şiddetlendi. Onuncu yüzyılda bir imparatorluk kurmuş güçlü bir hükümdar olan Gazneli Mahmud'un gösterişli türbesini görememek için gözlerini kapattı.

Gazne'nin kalesinin iri kuleleri göründüğünde Dariya heyecanını zorlukla bastırabildi. Surlarla çevrili şehirdeki Rawza İslam Sanatı Müzesi'ne, on ikinci yüzyıl Gazne panosu üzerine tezini araştırmak için sık sık gitmişti. Sultan Mesud'un sarayına ait, iç içe geçmiş sarmaşıklar ve arabesklerle bezeli bu enfes beyaz mermer, Rawza Müzesi'nden çalınmıştı. Birkaç yıl sonra Avrupa'da bir müzayedede 50.000 dolara satılmıştı.

Ailesine uzun pazarlıklardan sonra Gazne panosunun Hamburg'daki Museum fur Kunst und Gewerbe tarafından Afganistan'a iade edildiğini söylediğinde babasının nadiren onayladığını hatırlayınca gözleri buğulandı. Köyde kızının çalışmasının Afganistan tarihinin değerli bir parçasını geri getirmeye nasıl yardımcı olduğunu anlatırken, kızının eğitiminin değerini gördüğü tek andı.

Otobüs şehre girmeden önce Gazne kalesinin yarısı yıkılmış olan otuz iki kulesinden üçünün etrafından dolandı. Bir deve, yarım düzine adamın charpoylarla sohbet ettiği tozlu bir çay tezgahının önünde palmiye ağacının yapraklarını kemiriyordu. İçeriye zencefil ve tarçın kokuları yayılıyordu. Kuruyan hayvan derileriyle örtülü bir duvarın, bir türbenin yanından geçip kalabalık bir çarşı caddesine girdiler. Heybetli sütunlarıyla Aliabad hastanesi az ilerideydi.

Hastaneye girdiklerinde Sultana'nın endişesi su yüzüne çıktı. "Her şeyi .... çıkarmak ..... zorunda kalacak mıyım?" diye sordu endişeyle.

"Profesyonelce yapıldı, mamani. Merak etme," diye yanıtladı Dariya annesini rahat bir sandalyeye götürürken, resepsiyon bankosunun arkasındaki bir kadına dosyayı gösterdi. Saçlarını bir eşarp örtmesine rağmen kadının yüzü açıktı. Yerleri süpüren bir süpürgenin üzerine eğilmiş bir başka kadın, başörtüsü işine engel olmasına rağmen tamamen siyahlara bürünmüştü.

Bir hemşire Sultana'yı küçük bir odacık benzeri bir odaya çağırdı ve ona bir ameliyat önlüğü verdi. Sultana tekrar "Her şeyi çıkarmam gerekiyor mu?" diye sordu.

Hemşire bu soruya alışkın görünüyordu. "Ben üzerinizi örteceğim. Doktor sadece görmesi gerekenleri görecek. Bu önlüğü giyin ve zile basın."

Sultana yeşil hastane önlüğünü giydi ve dar yatağa uzandı, gergin bir şekilde nefes alıyordu, yüzünü kapatıp kapatamayacağını, kimliğini doktordan gizleyip gizleyemeyeceğini merak ediyordu. Ama hemşire gitmişti.

Sonunda hemşire geri döndü ve önlüğün iplerini açtı. Sultana'nın üzerini kare şeklinde bir yarık bırakarak stratejik bir şekilde beyaz bir çarşafla örttü. Hemşire ateşi, tansiyonu, nabzı, oksijen seviyesini kontrol ederken Sultana sürekli soruyordu: "Doktor ne yapacak? Acıyacak mı? Ne kadar sürecek? Saat 3'teki otobüse yetişmek zorundayız." Sonunda hemşire kaçmayı başardı. Dariya onun bitişik odada doktora bilgi verdiğini duyabiliyordu.

Annesi nihayet profesyonellerin gözetimindeyken Dariya'nın endişesi kafasında sözcükler oluşturdu. Kanser ne kadar yayılmıştı? Durdurulabilir miydi? Ne kadar acı verecekti? Annesi yaşayacak mıydı? Tedavi için çok geç kalmadıklarını umuyordu.

Kalın gözlüklü, sivri Fransız sakallı, kır saçlı bir adam olan Dr. Khan gülümseyerek içeri girdi ve stetoskopunu Sultana'nın alnına yerleştirdi. "Çok fazla endişeleniyorsun. Beynin ısınıyor," dedi şakacı bir şekilde yanağını okşayarak. Dosyasını ve biyopsi raporlarını incelerken dostça sohbet etmeye devam etti. Göğsündeki yumruyu incelemeye başladığında kadın rahatlamıştı. Adamın yüzü asıldı.

Dariya'nın gözleri, dağın tepesindeki karı altın rengine boyayan muhteşem gün batımını görmüyordu. Annesi için duyduğu kaygı, daha acil bir kaygının gölgesinde kalmıştı. Babasına bu haberi nasıl verecekti. İzni olmadan Gazne'ye gittikleri için çok öfkelenecekti. Onun desteğini kazanmak hayati önem taşıyordu. Annem onun rızası olmadan tedaviyi asla kabul etmezdi.

Onlar içeri girerken Aşkan nargilesini tüttürüyordu. Kanlı gözleri anne-kız ikilisine dik dik bakıyordu. "Doktor ne dedi?" diye bağırdı. "Ben aptal değilim. Gazne'ye gittiğinizi biliyorum. Yalnız seyahat eden kadınlar! Kimse sizi tutuklamadı mı?"

Dariya ev ödevini yapmıştı. "Mahrem kuralı, kadınların yetmiş sekiz kilometreden fazla seyahat etmeleri halinde refakat edilmeleri gerektiğini söylüyor. Gazne bundan daha az."

Aşkan onu duymamış gibi görünüyordu. "Peki, doktor ne dedi?" diye tekrar havladı.

Dariya. Ona doğrudan söylemeye karar verdi. "Kanser ikinci evreye ulaşmış. Mastektomiye ihtiyacı var".

"Yani?"

"Göğsünün alınması gerekiyor."

"Yaşayacak mı?"

"Yakında yapılırsa. Kanserin tekrarlamasını önlemek için ameliyattan sonra radyasyona ihtiyacı olacak."

"Doktor da babam gibi yaşlıydı," diye araya girdi Sultana, onu yatıştırmayı umarak.

"Kendi baban bile bebeklerimizi beslerken dışarıda bekledi!" diye gürledi, boğazını temizledi ve spitoon'u hedef aldı.

"Annemi bir an önce tedavi ettirmeliyiz, Dado. Bu bir ölüm kalım meselesi."

"Ve tüm köy karımın göğsünün başka bir adam tarafından ellendiğini öğrensin! Köyümüzdeki tüm kadınlar Dr. Rashida'ya gidiyor."

Yorgunluk ve stres etkisini göstermeye başlamıştı. Dariya artık her şeyi içinde tutamıyordu. "Onlar kanser değil!" diye bağırdı. "Kanser bir katildir!"

"Kanser, kanser, kanser...! Herkes bir gün ölecek..."

"Ne diyorsun baba!"

"Odadan çık! Beni karımla yalnız bırak!"

Dariya annesinden babasına ve tekrar annesine baktı. Annesi tereddütle başını salladı. Sultana'nın dışarı çıkacağını bildiği için gönülsüzce anne ve babasını yalnız bıraktı. "Kapıyı kapat!" diye bağırdı babası.

Dışarıda durmuş, kulağını kapıya dayamış, mırıldanmalarını anlamaya çalışıyordu. Aşkan öksürük nöbetleri arasında kavgacı bir şekilde konuşuyordu. Sultana ağlıyordu. Tekrar tekrar ortaya çıkan adı dışında sözleri anlaşılmazdı. Sonunda içeri çağrıldı.

"Seni yarın Kabil'e geri gönderiyorum. Kardeşim seni bekliyor. Üniversite kapalı ama onunla kalabilirsin."

Dariya kulaklarına inanamadı. "Ne diyorsun sen!"

"Sen hep Kabil'e dönmek istiyordun. Git o zaman. Seni daha fazla durdurmayacağım."

"Annem ne olacak?"

"O benim karım. Ona ben bakacağım."

Annenin Korkuları

"Hoşça kal anne," diye seslendi Larry, bekleyen arabadaki arkadaşlarına doğru koşarken Macy'nin omzuna hafifçe vurarak. Macy avlunun parmaklıklarına ellerini dayamış, köşeyi dönüp artık görünmeyene kadar gözlerini arabadan ayırmamıştı. Alt dudağı titreyerek kahvaltı için içeri girdi.

Jeffery omletinin yanında kızarmış ekmek yiyor, Washington Post'un finans sayfalarına dalmıştı. Mis kokulu beyaz zambaklar, çeşitli meyveler ve meyve reçelleri, mısır gevreği, peynir ve gevrek tostlarla dolu bir tabakla donatılmış masanın ortasında duruyordu. Kahve süzgecinden şırıltılar yayılıyor, misk kokuları zambakları bastırıyordu.

"Bugün kötü bir haber var mı?" diye sordu, kahveyi doldurup mavi beyaz kareli bir peçeteyi eline alarak.

Jeffery gazeteyi indirdi ve şaşkın bir ifadeyle karısını inceledi. Onu iğnelemekten, şakalar ve hazırcevaplıklarla bir münazara maçı başlatmaktan zevk alıyordu. "Borsa düştü, Ukrayna'daki savaş Rusya'nın lehine gidiyor gibi görünüyor, mülteciler akın ediyor....."

"Dünya haberleriyle ilgilenmiyorum!" diye tersledi. "Ne sorduğumu biliyorsun! Silahlı saldırı var mı?"

Yemi yutmadığı için hayal kırıklığına uğrayan adam başını salladı: "Okullarda, süpermarketlerde, tiyatrolarda bir şey yok. Dün sakin bir gün olmuş gibi görünüyor."

"Tanrıya şükür," diye içini çekti, bir tost aldı, üzerine ince katlar halinde tereyağı ve portakal marmelatı sürdü. Gazete açmaktan korkmaya başlamıştı. Neredeyse her gün manşetlerde şu ya da bu şehirde bir silahlı çatışma haberi yer alıyordu. İlk başlarda bu sadece şok edici bir haberdi ama geçen hafta komşu okulda üç küçük çocuğun öldüğü ve diğerlerinin yaralandığı silahlı saldırıdan sonra Macy'nin sinirleri iyice gerilmişti.

"Keşke Larry'yi okula internet üzerinden göndersen Jeffery. Evde güvende olur," diye yalvardı.

"Kapalı yerde kalırsa çıldırır! Ve bizi de çıldırtır! Karantina sırasında ne kadar zor olduğunu hatırlıyor musun?" diye cevap verdi kocası. "Ayrıca o okulun beyzbol takımında. Bunun ona vereceği özgüveni bir düşünün. Üniversiteye başvurduğunda CV'sinde ne kadar iyi görünecek".

"Eğer hayatta kalırsa," diye araya girdi Macy. Mısır gevreği kavanozuna dokunmadan kahvesini kayıtsızca karıştırdı. Sütün üzerinde bir krema tabakası oluşmuştu. Haşlanmış yumurtası soğumuştu. "Amerikalılar çıldırmış," dedi bir süre durakladıktan sonra. "Bir mezarlıkta ateş edildiğini düşünün! Bu silahlı saldırı salgını her şeyi yutuyor."

"Vahşi Batı günlerine geri döndük," diye espri yapan kocasını ters ters bakarak susturdu. "Bu durumla yaşamak zorundayız tatlım," diyerek onu sakinleştirmeye çalıştı. "Ukrayna'yı düşün. İnsanlar savaşla birlikte yaşıyor. Bombalamalara rağmen hayatlarına devam ediyorlar. Gördüğümüz videoyu hatırlıyor musun? Binaların molozlarıyla dolu bir sokakta keman çalan bir müzisyen? Biz onların yaşadığı terörün yarısını bile yaşamıyoruz."

"Farklı türde bir savaş bölgesindeyiz," diye umutsuzca iç geçirdi. "Ani silahlı saldırılar, her yerde, her yerde. Kendimizi nerede güvende hissedebiliriz?"

"Eğer bu kadar gerginseniz danışmanlık alın," diye tavsiye etti.

"Strese neden olan durum değişmezse danışmanlık yardımcı olamaz."

"Sizi sakinleştirebilir."

" Danışmana ihtiyacı olan tetikçilerdir, ben değil! Kimse birinin ne zaman aniden psikopata dönüşeceğini bilemez."

Jeffery gazeteyi katlayarak kadının yüzüne baktı. "Ukrayna'ya bakın, David ve Goliath durumuyla karşı karşıya. Bir dünya gücüne karşı küçük bir ülke. Gösterdikleri dirence bakın. Onların direncini örnek almalıyız tatlım. Er ya da geç bu silahlı saldırılar geçmişte kalacak. Ve hayat normale dönecek."

Karısını yatıştırmak için daha fazla zaman harcayamazdı. Önemli bir müşteriyle toplantısı vardı. Kararlılıkla sandalyesini geriye itti, arabanın anahtarlarını aldı, Macy'nin alnına hızlı bir öpücük kondurdu ve gitti. Macy arabanın alışılmadık bir vınlamayla uzaklaştığını duyduğunda, soğukkanlılık görüntüsüne rağmen onun da rahatsız olduğunu hissetti.

Masayı topladı, tabakları bulaşık makinesine yerleştirdi, sonra yoga matını serdi. Yoga bir süreliğine yardımcı olabilirdi. Gözlerini kapatarak matın üzerine uzandı. Nefese odaklan..... sağ bacağını kaldır..... sonra sol bacağını kaldır..... nefes al..... nefes ver..... zihni boşalt...

Telefon çaldığında dördüncü yoga asanasındaydı. Normalde yoga yaparken telefonunu sessizde tutardı ama her an acil bir arama gelebileceği korkusu telefonu açık tutmasına neden oldu.

Arayan Larry'nin arabasını paylaştığı annelerden Neela'ydı. "Çocukları alma sırası sende, değil mi?" diye başladı Neela.

"Evet, doğru."

"Yash'ı bekleme. Onu okula göndermedim."

"İyi değil mi?"

"Sadece korkunç bir travma geçirdi. Kız kardeşimin kızı çatışmanın yaşandığı Richmond Lisesi'nde okuyor. Yaralanmadı ama çok kötü durumda! Uyuyamıyor, yemek yiyemiyor. Her yerde kan lekeleri hayal edip duruyor. Kendi evinin zemininde bile."

"Ne kadar korkunç.... Kaç yaşında?"

"On iki."

"Danışmana ihtiyacı var."

"Tüm aile bir danışmanla görüşüyor. Bunu atlatması yıllar alacak."

Macy'nin omurgasından aşağı bir ürperti geçti. Tanrıya şükür Larry'nin okulunda böyle bir şey olmamıştı. Korkunç manzaralardan kurtulmuştu.

"O lanet tetikçiler psikopat!" Neela şöyle diyordu: "Kilit altına alınmaları gerek. Saldırıya geçmeden önce, sonra değil! Yash kuzeninin hislerini kaybettiğini görünce çok üzüldü."

Macy kendini "Yash'ı güçlü tutmalısın," derken buldu. "Onu daha ne kadar evde tutacaksın?"

"Hintli Amerikalıların savunmasız olduğunu anlamıyor musun? Çünkü biz renkliyiz ve hedefiz. "

"Onu eğitimden mahrum bırakma Neela. Bu onun geleceğine açılan bir kapı."

Jeffery'nin düşüncelerini dile getirirkenki ironi Macy'nin gözünden kaçmamıştı. Neela kendi korkularını yansıtıyordu. Macy gibi Neela da Yash'ın geleceğinin bir diploma almakta, bağlantılar kurmakta, yeteneğinin farkına varacak insanlarla omuz omuza vermekte yattığını biliyordu. "Yash çok zeki. İnternetten öğrenebilir," dedi sonunda.

Macy telefonu bırakıp yogaya döndü ama zihni boşaltılamayacak kadar karışıktı. Neela'nınki gibi kaç aile travma geçiriyor, diye düşündü nefesini düzene sokmaya çalışırken. Birinin psikopat olduğunu nasıl anlarsınız? Bu kadar çok psikopat nasıl silah sahibi oldu? Terapistler kaç kurbanı tedavi edebilir? Düşünce üstüne düşünce girdap gibi kafasının içinde dönüp duruyordu. Dinginliği aramak, dengede kalmak zorundaydı. Bugün yoga yardımcı olmadı.

Macy yoga matını yuvarladı ve köşesine geri koydu. Buzdolabından bir salatalık aldı, yuvarlaklar halinde kesti ve salatalık dilimleri gözlerine gelecek şekilde yatağına uzandı. Serinlik içeri sızdı. Onunla birlikte bir dereceye kadar rahatladı.

Çok geçmeden duş alma ve işe gitmek için giyinme vakti gelmişti. Öğle yemeği saatine yakın müşterilerin akın ettiği lüks bir kafede kasiyerlik yapıyordu. Öğlene kadar yetişmesi gerekiyordu. Masası çıkışa yakındı. Acil bir durumda nasıl hareket edeceğini düşünüyordu.

Masanın altına saklanacak, sonra da telefonla yardım isteyecekti. Cep telefonunu elinin altında tutabilmek için ön cepleri olan üç yeni ceket almıştı. Acil durum numaraları - polis, ambulans, hastane - ekranına kaydedilmişti. Jeffery ve Larry'ninkilerin altında. Mavi bir ceket seçti ve onu turkuaz küpeler ve bilezikle eşleştirdi. Ayna otuzlu yaşlarında, sarı saçları ve mavi gözleriyle tipik bir Amerikalı olan çekici bir kadını yansıtıyordu.

İş yerinde normal bir gündü. Her zamanki şirket müşterileri geliyordu; ilk randevuları gibi görünen genç bir çift, doğum günü ya da yıldönümü kutlayan bir başka dar bütçeli çift. Her çarşamba biberli biftek yemeye gelen uzun boylu siyah doktor. Pencerenin önündeki büyük masada yedi kadın, yeni bir çocuk bezi markasının reklam kampanyası üzerine derin bir tartışma içindeydi. Hayat olması gerektiği gibi normaldi.

Öğleden sonra üçte sadece genç çift kalmıştı. Garsona kafeyi yarım saat içinde kapatmasını söyleyen Macy, parayı çekmecesine kilitledi ve arabasının anahtarlarını alarak üç çocuğun kapının yanında beklediği okula doğru yola çıktı.

"Larry nerede?"

"Fizik ödevini tamamlıyor. Birazdan burada olur," diye yanıtladı Pradip.

Çocuklar okul bahçesinde aralarında hentbol oynayarak oyalandılar. Birkaç dakika içinde Larry annesinin yanında ön koltuğa oturdu. Diğerleri arkaya tırmandılar.

"Yash nerede?" diye sordu Steve.

"Bugün okula gitmedi," diye yanıtladı Macy. "Geçen haftaki silahlı çatışmadan sonra ailesi onu okula göndermekte isteksiz."

"Annem bile beni iki gün evde tuttu," dedi Steve.

"Eğer izin verseydim annem beni sonsuza kadar evde tutardı," diye güldü Larry. "Okula dönmeme izin vermesi için babamı ikna etmek için tüm gücümü kullandım."

"Anneler aşırı korumacıdır," diye alay etti Steve.

Pradip felsefi bir tavırla, "Hayat kader tarafından yönetilir," dedi. "Ölüm anın doğduğun anda yazılmıştır. Kimse kaderi değiştiremez."

"Evet değiştirebilirsin. Eğer annemin çizdiği kaderi kabul etseydim, şu anda evde sadece bir dizüstü bilgisayarla oturuyor olurdum. Değil mi anne?"

Macy dudağını ısırdı. "Ebeveynler çocuklarının güvende olmasını ister. Geri kalan her şey ikincildir."

"Özgürlük için savaşmak zorundayız" diye espri yaptı Steve. "Aileme bir ültimatom verdim. Ya okula gideceğim ya da sebze yemeyi bırakacağım. Biri vuruldu diye evde oturup sıkılmayacağım."

"Bugünlerde kendimizi savunmayı öğrenmemiz gerekiyor," dedi grubun en uzunu olan ve kıvırcık sarı saçları alnına düşen Philip.

"Ben Karate kursuna gidiyorum," dedi Pradip.

"Odanın diğer ucunda birinin silahı varsa karate bir işe yaramaz!" diye alay etti Philip. "Ateş etmeyi öğreniyorum."

"Hoo-oot!"

Araba kaldırıma doğru savrulurken herkes sarsıldı. Macy bir lamba direğine çarpmadan hemen önce direksiyonu kırmayı başardı. Gaza basan bacağı titriyordu. Çenesi yüzünden sarkmış, "Kaç yaşındasın Phil?" diye sordu.

"On dört."

"Senin yaşında bu yasadışı!"

Çocuk kayıtsızca omuz silkti. "Silahlı adamlar kuralları çiğneyebiliyorsa biz de çiğneyebiliriz."

Macy kulaklarına inanamıyordu. "Sana ateş etmeyi kim öğretiyor?" diye sordu.

"Babam.

Macy yanlış duyduğundan emindi. "Baban mı?" diye bağırdı. Philip başını sallarken sarı saçları alnına döküldü. "Baban sana, on dört yaşındaki bir çocuğa ateş etmeyi öğretiyor!" sesi kreşendoya ulaşıyordu.

Philip tekrar başını salladı. "Babam bugünlerde kendini savunmayı öğrenmenin gerekli olduğunu söylüyor. Beni gerçekten önemsiyor."

Araba tekleyerek durdu. Parmakları titreyen Macy yavaşça kontağı çevirdi. Genç ve silah. Sert bir kokteyl. Uçucu. Korkutucudan daha korkutucu.

Aklına bir sürü soru daha gelmeye başlamıştı. Onlarla şimdi yüzleşemezdi. Çocukları sağ salim eve ulaştırmalıydı.

Onları nasıl güvende ve mantıklı tutacağı ise daha pek çok soruyu beraberinde getiriyordu.

Miras

Zarif Neptün heykeli yanmaz plastikle kaplanmışken, gökyüzüne sadece üç çatallı bir mızrak uzanıyordu. Koyu renk paltolu bir adam Neptün'ün başına dayadığı merdivenin üzerinde durmuş, heykelin etrafındaki ipi sıkıyordu. Diğer iki adam da sarı yapışkan bantla kanat çırpan köşeleri kapatıyordu. Roma'nın deniz tanrısı Neptün'ün insanlar tarafından korunmaya ihtiyaç duyması ironikti.

Dymtrus, Lviv'in bir simgesini kurtarmalarını izlerken, aklına Ukrayna'nın Sokrates'i Hruhorii Skovoroda'nın heykelinin bulunduğu müze enkaza döndüğünde de ayakta kaldığı Kharkiv geldi. Dymtrus, binalar yıkıldığında bile fikirler dimdik ayakta kalır, diye düşündü.

Ukrayna'nın her yerinde anıtlar köpük ve plastikle sarılıyor ya da kum torbalarıyla barikat kuruluyordu. Beyazlara bürünmüş hayaletler, bombalanmış binaların üzerinde ürkütücü bir şekilde nöbet tutuyordu. Dymtrus düşüncesizce kemanını çıkardı, yayı tellerin üzerinde hafifçe gezdirerek Carol of the Bells'i çaldı. Bu onun restorasyon işçilerine selamıydı, onlara sağlık dileyen popüler bir halk şarkısıydı.

Merdivendeki adam başparmağıyla Dymtrus'a doğru döndü. Diğerleri takdirle ritme ayak uydurdular. Dymtrus, Sovyet işgali sırasında Ukrayna müziğinin köylerde nasıl canlı tutulduğunu hatırladı. Stalin'in soykırımında öldürülen kör gezgin ozanların müziği olan Kobzari'ye geçti.

Dymtrus, Lviv Senfoni Orkestrası'nda kemancıydı. Güzel, barok binaların bulunduğu Pazar Meydanı'nda doğaçlama çalan müzisyenlere katılmayı çok severdi. Neptün, Amphitrite, Diana ve Adonis'in uzun heykelleri, çeşmelerle süslenmiş ve UNESCO'nun dünya mirası listesinde yer alan meydanın dört köşesini süslüyordu.

Vatandaşların favori uğrak yeriydi. Festivallerde çiftler antik tanrıların gözleri önünde dans ederdi. Dymtrus, Kristina ile dans etmek için kemanını bırakır, küçük Nikoloas da titrek adımlarla onları taklit ederdi. Neredeyse boş bir Pazar Meydanı'nda çalıyor olmak garipti.

Karısını ve oğlunu kadınlar, çocuklar ve yaşlılarla dolu bir otobüsle güvenli bir yere göndermişti. Kristina Dymtrus'tan ayrılmak konusunda isteksizdi ama Nicholoas'ın korunması gerekiyordu. Onlar ayrıldıktan sonra, bir vatandaş birliğine gönüllü oldu ve sivil savunma konusunda kısa bir eğitim aldı. Bir hastane bombalandığında, yaralıları tahliye etmek için gönderildiler.

Hastanenin dışındaki bir çalılıkta parlak sarı çiçekler açmıştı. İçeri girdiklerinde moloz yığınlarıyla karşılaştılar - yıkılmış duvarlar, çatlamış masalar, devrilmiş yataklar, cam parçaları ve kırık tahtalar altında inleyen sıkışmış insanlar. Kabus gibiydi. Estetik duygusuna bir saldırıydı. Kan göllerinin üzerinden geçerken, açıktaki kemiklerin üzerindeki etlerle karşılaştığında midesi bulanıyordu. Kusmamak için kendini zor tutuyordu. Bilinci yerinde olmayan bir çocuğu kırık bir yataktan güçlükle çıkarmayı başardı ve onu arbedenin dışına çıkardı. Sonra da yere yığıldı. Savaş çabalarına katkıda bulunma arzusuna rağmen bunu bir daha yapamazdı.

Üç gün boyunca vücudu ateşler içinde kaldı. Kristina olmadan ev boş geliyordu. Uyku onu terk etti. Kan kokusu burun deliklerine yapışmıştı. Bir kalçadan sarkan etin görüntüsü zihnine kazındı. Huzursuzca odaları arşınlıyor, iştahsızca tencereleri inceliyordu. Korkunç görüntüler, aynı kaderi paylaşacağı gibi ürkütücü bir düşünceyle birlikte zihninden geçiyordu.

Evde oturduğu için kendini korkak hissediyordu. Vatanseverlik, görevini yapmasını, yaralıların okul bahçesindeki derme çatma hastaneye götürülmesine yardım etmesini gerektiriyordu. Ama ayakları hareket etmiyordu. Suçluluk duygusuyla boş duvarlara bakıyor, müzik özlemiyle yanıp tutuşuyordu. Ama ülke yanarken keman çalmaya başlarsa komşular ne düşünürdü?

Yaralılar tahliye edildikten ve ölülere mümkün olduğunca iyi bir cenaze töreni düzenlendikten sonra keman kutusunu açtı. Liszt'in Ballade d'Ukraine'sinin kadansları odayı doldurdu. Gözlerini kapatarak müziğin içine işlemesine izin verdi. Saatlerce yalnızlık içinde, Ukrayna'nın daha mutlu zamanları için bestelenmiş müzikleri çaldı - Beethovan'ın

Razumovsky Quartet'i, Rachmaninoff'un Konçertosu. O gece uyudu.

Ertesi gün kemanıyla dışarı çıktı, Pazar Meydanı'na doğru boş sokaklarda dolaştı, ürkütücü sessizliği Neptün'ü koruyan işçilere verdiği müzikal selamla bozdu. Küçük bir minibüs, vitray pencereleri koruyucu metal plakalarla kapatılmış olan Tarihi Hazineler Müzesi'ne doğru ilerliyordu. İçeride kadın ve erkekler paha biçilmez tabloları, heykelleri, el yazmalarını bombalı saldırı ihtimaline karşı bodrumda saklanmak üzere tahta sandıklara yerleştiriyordu.

Kemanını süslü pencerenin altındaki bir çıkıntıya koyan Dymtrus restoratörlere katıldı. Kendisine beyaz eldivenler verildi ve yüzyıllar öncesinden kalma, sararmış kâğıtları dökülen nadir kitapların sorumluluğunu alması söylendi. Her bir kırılgan tarih parçasını, sayfaların sırttan ayrılmamasına dikkat ederek cam kutusundan nazikçe kaldırdı ve bir sandığa dik bir şekilde istifledi. Sadece bir vitrini boşaltmak, kitapları gelecek nesiller için güvenle saklamak dört saat sürdü. Dymtrus eldivenlerini çıkarırken tatmin olmuş hissediyordu. Mirası korumak hayat kurtarmak kadar önemlidir. Ertesi gün geri dönmeye karar verdi.

Müzeden çıkarken Kristina'ya sonunda işe yarar bir şey yaptığını söylemek istiyordu. Telefonunun şarjı azalmıştı. Onun adını tuşladı, Nikolaus'un gevezeliklerini duydukça gözleri buğulanıyordu. Ama Kristina'ya Müze'deki işinden bahsedemeden hat kesildi. En azından artık hayatta olduğunu ve arayabilecek kadar iyi olduğunu biliyordu.

Dairesine doğru yürümeye başladığında adımları hızlıydı ve günlerdir ilk kez acıktığını hissediyordu. Bir market açıktı ama raflarda çok az karton kalmıştı. En sevdiği domuz eti Salo'yu bulamadı ve pancar çorbası Borsche ve sarımsaklı ekmek Pampushky ile idare etmek zorunda kaldı. Elindeki market poşetini sallayarak eve doğru yürürken, bir savaş bölgesi için iyi bir yemek diye düşündü. Aniden bir siren sesi duyuldu.

En yakın hava saldırısı sığınağı iki sokak ötedeydi. Sığınağa koşan vatandaşlara katılmak için koşmaya başladı. İçerisi Dymtrus'un savaşın ilk günlerinden hatırladığından daha sakindi. Dehşete kapılmış insanlar histerik bir halde hıçkıra hıçkıra ağlıyorlardı. İnsanlar metanetli davranmaya başlamış, önceden paketlenmiş küçük çantalarıyla içeri girip yerleşmişlerdi.

Kafalar denizinin üzerinde bir el sallanıyordu. Dymtrus yüzü tanımak için boynunu zorladı. Bu Felix'ti, orkestranın trompetçisi. Dymtrus gülümseyerek el salladı. Sonra durdu. Felix Rus'tu. Onun burada ne işi vardı?

Felix onun endişesini hissetti ama Dymtrus'a doğru ilerlemeye devam etti. Dymtrus'un gözlerindeki şüpheyi görmezden gelerek "Merhaba" dedi.

"Merhaba" diye cevap verdi Dymtrus ihtiyatla.

"Seni güvende gördüğüme sevindim," dedi Rus.

"Neden hâlâ buradasın?" diye haykırdı Dymtrus kendini tutamayarak.

Felix bu iğnelemeyi duymazdan geldi. "Müzisyenlerle tanışıyor musun?" Dymtrus başını salladı. "Bazılarıyla temasım var. Pazar günü Pazar Meydanı'nda İstiklal Marşı çalmayı planlıyoruz. Katılır mısınız?"

Dymtrus'un gözleri fal taşı gibi açıldı. Rus Felix memleketine dönmemişti. Müzik aşkı onu orkestrasının ve arkadaşlarının yanında tutuyordu. Hatta bir konser bile düzenliyordu. Dymtrus'un kuşkulanması ne kadar da dar görüşlüydü. Rus, müziğin ve dostluğun milliyetlerin ötesinde olduğunu göstermişti.

İçtenlikle el sıkıştılar.

İki Ev, Ama Evsiz

Guava ağacı boy atmış, meyveleri daha önce olduğu gibi dallarından sarkıyordu. Olgunlaşmış olanlardan çok küçük, yeşil guavalar vardı. Sarı bir guava Kuol'un başının hemen üzerindeydi. Onu kopardı, elinde evirip çevirirken gözleri buğulandı.

Eğildi, üzerinde yetiştiği toprağa dokundu, parmaklarının arasında toprağı ovdu ve ilk ısırığı almadan önce saygıyla alnına sürdü. Etli dokusu ağzını doldururken, tadın tadını çıkarmak için gözlerini kapattı.

İki küçük çocuk merakla ona bakıyordu. Ayağa kalktı. "Ci we bak" dedi onları kendi dillerinde selamlayarak. Gözleri yuvalarından fırladı, kıkırdadılar ve koşarak uzaklaştılar.

Kot pantolonu ve üzerinde Bruce Lee simgesi olan tişörtüyle Kuol, çıplak ve yalınayak çocuklarla tam bir tezat oluşturuyordu. Koyu tenine, dolgun dudaklarına, geniş burnuna ve kırpılmış kıvırcık saçlarına rağmen kahverengi cilalı ayakkabıları bu farkı vurguluyordu.

Kuol yalnız kalmaktan, ormanın havasını solumaktan ve anılarının tadını çıkarmaktan mutluydu. Köyünden kısa bir mesafe ötedeki bu ağacı çok net hatırlıyordu. Ağacın cılız dallarında sallanır, en yüksek dala çıkar ve dünyanın kralı olduğunu hayal ederdi. Dünyası sadece gözlerinin görebildiği kadar uzanıyordu.

Ne kadar da masummuş! Hayat yolculuğu onu ne kadar uzağa götürmüştü! Mesafe sadece uzay ve zamanla değil, yaşanmış deneyimlerle de ölçülüyordu. Savaş olmasaydı Güney Sudan'ın Dinka topraklarından asla ayrılamazdı, kesinlikle Afrika'dan da ayrılamazdı. Farklı dünyaları gördükten sonra tekrar uyum sağlayabilecek miydi?

Onu çocukluktan erkekliğe yükselten Dinka işaretleriyle alnını kaşıdığı geçiş töreninden kısa bir süre sonra hayatı değişti. Artık ondan inek sağması, büyüklerin ayak işlerini yapması beklenmiyordu. Yetişkin statüsünün tadını çıkarırken, ailesi keçi sürülerini nehrin etrafındaki zengin savan otlaklarına götürdüğünde yaz günlerini nehirde balık tutarak geçirirdi. Köye geri döndüklerinde darı ekimine ve hasadına yardım ederdi.

Arazileri köyün dışında, palmiye, guava ve mango ağaçlarından oluşan bir korunun yanındaydı. Çiftlikte çalıştıktan sonra Kuol ağaçların arasında oyalanır, olgunlaştıkça meyvelerin tadını çıkarır, kök salmaları için tohumları tükürürdü.

Böyle sıradan bir günde guava ağacının en yüksek dalındayken aniden tüm köyün ona doğru koştuğunu gördü. "Askerler geliyor! Kaçın! Çabuk kaçın!" diye bağırarak çalılıklara doğru koşmaya başladılar. Silah sesleri yaklaşırken duyulabiliyordu. Kuol bir guava kaptı, cebine soktu, ağaçtan aşağı süzüldü ve koşmaya başladı. Köyünü bir daha görmeden önce yirmi üç yıl geçeceğini bilmiyordu.

Kuol kıvrak ayaklıydı, köylülere ayak uydurabiliyordu. Arkasına saklanabilecekleri büyük kayalardan oluşan bir çıkıntıya gelene kadar koştular da koştular. Yaklaşık otuz kişi vardı, çoğu onlu yaşlarında erkek çocuklardı ama birkaç kız da vardı, içlerinde göğsünde bebeği olan biri de vardı. En küçükleriydi, çılgınca ailesini arıyordu 'Umee! Umee! Abul!"

Dinka işaretleri olan uzun boylu bir adam yanına gelmişti. "Yetişecekler. Yaşlı insanlar hızlı koşamaz."

Köylerinden yükselen dumanı gördüklerinde daha yeni nefes almışlardı. Duman koyulaştıkça ve daha fazla kulübe alev aldıkça köylüler dehşet içinde bakakalmış. Uzaktan gelen çığlıklar kulaklarına ulaştı. Kucağında bebeği olan bir kadın feryat etmeye başladı. Kuol artık gözyaşlarını kontrol edemiyordu. Yere uzandı, yüzü dirseğinin kıvrımına gömüldü ve sessizce hıçkırdı.

Yirmi üç yıl geçmişti ama anıları hâlâ ağzındaki pembe guava kadar tazeydi. Amerika'daki yumuşak yatağında uyurken üzerine çöken anılar.

Amerikalı ailesi ona iyi davranmış, İngilizce öğretmiş, onu okula, üniversiteye göndermişti. Ama Amerika evi değildi. Kendi dilini konuşamıyor, kendi kıyafetlerini giyemiyor, kendi yemeğini yiyemiyordu. Burghers'a, kot pantolonlara, sınıf arkadaşlarıyla argo konuşmaya alışmıştı. Amerikan pasaportu bile vardı. Ama her zaman ait olmadığını hissetti.

Fışkıran suyu temizlemek için musluğu açtığında, kurak mevsimde iki tencere kahverengimsi gri su getirmek için kilometrelerce yürüyen kız kardeşi Nya'yı hatırlardı. Bu su karneye bağlanmak zorundaydı - kısmen yemek pişirmek, kısmen de yıkanmak için. Umee çocuklarına sabahları birer bardak su verirdi. Nya'nın uzun yürüyüşten sonra yorulduğu sıcak günlerde, ona fazladan yarım bardak daha veriliyordu. Sınırsız su hayal bile edilemezdi.

Guava'yı yavaşça, her bir tadın -kabuğunun, etinin, ortasındaki çıtır çıtır tohumların- tadını çıkararak mideye indirdi. Yirmi üç yıl sonra köyde onu tanıyan biri olacak mıydı? Tanıdığı biri var mıydı? Ailesinden haber alabilecek miydi?

Kuol'un savaşın ne hakkında olduğuna dair sadece belli belirsiz bir fikri vardı. Arap askerlerinin siyah Afrikalılara saldırdığını ve kaçmaları gerektiğini biliyordu ama neden ya da nereye gittikleri hakkında hiçbir fikri yoktu. Sadece kendi köyündeki Dinkalar arasında olduğu için rahatlamıştı. Onlar onun son güvenlik noktasıydı.

Kendilerinden daha uzun savan otları arasında arılar ve sinekler tarafından sokularak yürümüşler, at toynaklarının gümbürtüsü yeri titrettiğinde korku içinde çömelmişlerdi. Sıcak kumun çıplak ayakları kavurduğu çölde yürümüşlerdi. Akreplerin ve yılanların soktuğu bataklıkların etrafından dolaşmışlar, yaklaşan silahların sesiyle tahrik olmuşlardı.

Yiyecek olarak çoğunlukla böğürtlen, meyve ve yenilebilir yapraklar vardı ama bazen hiç bitmeyen çölü geçerken iki-üç gün aç kaldıkları oluyordu. Bebeği olan kadın öldü. Ayrıca Kuol'dan daha büyük iki erkek çocuk. Kuol sık sık geride kalıyor, acı, açlık ve yorgunluk onu bunaltıyordu.

İşte o zaman, ailesini kaybettiğinde Kuol'u teselli eden Deng Abut yanında durur ve küçük adımlarla onu ilerlemeye teşvik ederdi. 'Sadece şu ağaca kadar yürü Kuol. Bunu başarabilirsin. Büyük kayadan sonra dinleneceğiz. Cesaretini koru. Tepenin ardında su bulacağız." Deng Abut'un cesaretlendirmesi, grupları otuzdan yirmi ikiye ve on ikiye düşerken onu devam ettirmişti.

Çöle vardıklarında at sırtındaki beş asker dörtnala saldırarak havaya ateş açtı. Dehşete kapılan Kuol kirpi şeklindeki devasa bir kaktüsün arkasına saklandı. Kendi taraflarında savaşmaya hazır olan herkese yiyecek ve barınak teklif etmişler. Kimse karşılık vermedi. Askerler rastgele bir adamı bacağından vurdu. Herkes çığlık attı. Korku içinde iki adam askerlerin arkasından atlara binip uzaklaştı.

Kan çöl kumuna sıçradı. Yaralı adam artık yürüyemiyordu. Kimsenin yarasını saracak bezi yoktu. Onun yanında kalırlarsa kızgın güneş onları diri diri yakacaktı. Onu bırakmaktan, kendilerini mümkün olduğunca uzun süre hayatta tutmak için bitmek bilmeyen yiyecek ve su arayışlarına devam etmekten başka çareleri yoktu. Ölmekte olan adamın feryatları Kuol'un kulaklarında artık duyulamaz hale geldikten sonra da yankılanmaya devam etti.

Bir öğleden sonra bir nehre ulaştılar, balık ziyafeti çektiler ve gece için yerleştiler. Deng Abut bir kayanın üzerine oturmuş, su toplamış ayaklarını serin suda sallandırıyordu. Birden altındaki kaya hareket etmeye başlamış ve kendini akıntının ortasında bulmuş. Bir timsahın üzerindeydi! Panik içinde nehir kıyısına yüzmek için suya atladı. Timsahın çenesi Deng Abut'un bacağının üzerinden geçerken Kuol dehşet içinde çığlık attı. Nehir kanla kırmızıya döndü.

Deng Abut'un gidişiyle Kuol son desteğini de kaybetti. Mücadele çok zordu, çok uzun sürmüştü, pes etmeye hazırdı. Üç adamın bulunduğu bir cipin onlara doğru yöneldiği günün gerisinde kalıyordu. İkisi kendi ten rengindeydi, biri beyazdı. Çocuklara yiyecek, giyecek ve barınak verilen bir transit kampından geliyorlardı. Adamlar uzaklaştığında Kuol bunun da bir serap olduğunu düşündü. Ertesi gün bir minibüsle geri döndüler ve perişan haldeki çocukları Kuol'un aylarca aç kaldıktan sonra ilk sıcak yemeğini yediği kampa götürdüler.

Orada, kaçmakta olan tek gençlerin onlar olmadığını keşfetti. Yaklaşık yirmi bin yetim erkek ve kız çocuğu bir araya gelmiş, üzerlerindeki giysilerden başka hiçbir şeyleri olmadan yüzlerce kilometre boyunca yönsüz bir şekilde dolaşıyorlardı. Onlara Sudan'ın Kayıp Çocukları deniyordu ve uluslararası kuruluşlar onları rehabilite etmenin yollarını arıyordu. Transit kampına geldikten birkaç ay sonra Amerikalı ailesi tarafından evlat edinildi.

Cep telefonları ve GPS daha önce icat edilmiş olsaydı bu çileden kurtulmuş olurduk diye düşünen Kuol, elindeki son guava parçasını da tükürerek köyüne doğru yürümeye başladı. Palmiye ve mango ağaçları gökyüzüne doğru uzanıyordu. Çok uzaklarda, köy saldırıya uğradığında arkasına saklandıkları kaya yığınını görebiliyordu.

Küçük çocuklar köylüleri yaklaşan bir yabancıya karşı uyarmak için önden koşmuşlardı. Dört kadın ona doğru yürüyordu, çıplak göğüsleri sadece geleneksel boncuk ve kemik zincirlerle örtülüydü. Çıplak göğüslü kadınlar! Kendi kültürüyle ilk görsel teması şok etkisi yaratmıştı.

Kuol yüzme havuzlarında ve plajlarda bikinili kadınlar görmeye alışmıştı. 'Karpuzlar', 'elmalar', 'krepler' hakkında müstehcen sözler sarf eden sınıf arkadaşlarına katılmaktan metanetle kaçınmıştı. Birden aklına bu kelimeler geldi. Suçluluk duygusuyla onları itti.

"Ci we bak," dedi kadınları kendi dillerinde selamlayarak.

Kadınların içinden bir kıkırdama geçti. Beyaz dişleri parlayarak "Ci yi bak" diye cevap verdiler.

Kudual dilini Amerikan tınısıyla konuşmaya devam etti. "Ben Deng Alor'un oğlu Kuol. Annem Ayen'di. Beni tanımıyor musunuz?"

Bir şaşkınlık nefesi, sesler ve el kol hareketleri. Sonra kadın topluluğu dağıldı. Biri aceleyle köye geri dönerken, üçü adamın temiz tıraşlı yüzünü, manikürlü ellerini, kot pantolonunun dokusunu, parlak ayakkabılarını inceledi. Başında parlak kırmızı bir bandana olan bir kadın elini adamın sık ve kıvırcık saçlarında gezdirdi.

"Neden geldin?" diye sordu.

O cevap veremeden köye koşan kadının onu hızla köye getirmesi için seslendiğini duydular. Adam, keçi derisinden etekleri gürültüyle uçuşarak, çıplak ayakları kuru otlara vurarak kadınların yanında ilerledi. Paralel yatay çubukların tepesinde uzun bir hindistan cevizi suratından oluşan bir totemin yanından geçtiklerinde köye girdiklerini anladı.

İlk kulübeler gözlerini yaşarttı. Kırık dallardan oluşan bir yükseltinin üzerinde bir adam evinin çatısına saman ekliyordu. Kardeşi ona sopa uzatıyordu. Küçük bir kız çamurun içinde oturuyordu. Tavuklar ve keçiler özgürlüğün tadını çıkarıyordu. Amerika'da alıştığı manzaralarla ne kadar da tezattı!

Yükseltilmiş bambu direklerin üzerindeki bir kulübeye götürüldü, burada buruşuk yaşlı bir adam ipten bir karyolada bekliyordu. Kuol bir zamanlar evi olan kulübeyi çok az hatırlıyordu. Gözleri şaşkınlık içinde bambu duvarlardan sazdan yapılmış çatıya doğru kaydı. Gerçekten burada mı büyümüştü?

"Oğlum," diye soluk soluğa bağırdı karyoladaki adam, ayağa kalkmaya çalışırken gözyaşları yanaklarından süzülüyordu.

Kuol kulaklarına inanamıyordu. "Abul! Abul yaşıyorsun!"

Baba ve oğul kucaklaşırken gözyaşları birbirine karıştı. Boğumlu parmaklar Kuol'un yüzünde, omuzlarında, kollarında gezindi. Güneş ışığıyla birbirlerine kenetlenmişlerdi. Kuol kollarındaki çelimsiz adamı güçlükle tanıyabildi. Hatırladığı baba uzun boylu, güçlü, parlak gözlü ve köye hükmeden bir sese sahipti.

Kuol'un koluna ağır bir şekilde yaslanan babası onu kulübeye götürdü. Duvara yatay olarak yaslanmış başka bir ip yatak ve alçak bir tabure dışında mobilya yoktu. Bir köşede birkaç tencere ile bir çamur sobası duruyordu. Bir diğer köşede de düzensiz bir yatak. Hepsi bu kadardı.

"Annenin ölüm törenini yapmasına izin vermeyerek ruhunu yeryüzünde tuttum," diye itiraf etti babası hala duygularla doluydu.

"Umee... Umee nerede?"

"Gitti. Rüzgar ve suyun birleştiği sonsuz gökyüzüne."

"Peki ya Nya?"

"Bir Nuer'le evli. Nehrin karşısındaki bir köyde yaşıyor."

Kadınlar uzun süredir kayıp olan oğullarını karşılamak için sallanarak ve el çırparak kutlama dansına başlamışlardı. Tarladan dönen erkekler de onlara katıldı. Kuol'un bir peştamal istemesi, kot pantolonunu ve ayakkabılarını çıkarıp dans etmeye başlaması sadece bir dakika sürdü. Vücudu sanki hiç uzak kalmamış gibi ritme kapıldı. Dans etmek onu aç ve bitkin bırakmıştı. Darı ve baharatlı sebzelerden oluşan bulamacı büyük bir kase sütle birlikte iştahla mideye indirdi. Artık evindeydi!

O gece kimse uyumadı. Tüm köylüler onun hayatını dinlemek için köy meydanındaki tek lamba direğinin etrafında toplandı. Onlara çöllerde ve bataklıklarda dolaşmaktan, açlıktan ve su toplamış ayaklardan, akrabalarından bazılarının nasıl öldüğünden bahsetti. Deng Abut'un annesi hâlâ hayattaydı. Kuol'un ona oğlunun bir timsah tarafından yendiğini söyleyecek cesareti yoktu.

Onlara Amerika'dan, kendisini evlat edinen ailenin şefkatinden ve aynı zamanda ten rengi farklı olan insanlara karşı yapılan ayrımcılıktan bahsetti. Sırt çantasından bir kalem çıkardı ve sokakta park etmiş arabalarla yüksek binalar çizdi. Bu kâğıt elden ele dolaştıktan sonra pirinç yapıştırıcısıyla babasının kulübesinin duvarına yapıştırıldı.

Ertesi sabah, neredeyse iki büklüm olmuş ve bir sopaya yaslanmış bir halde, Kuol'un babası onu köyün gurur kaynağı olan el pompalı bir tüp kuyuya götürdü. "Artık kimse su için nehre yürümüyor. Bu kolu aşağı yukarı hareket ettiriyoruz ve su çıkıyor," dedi babası göstererek. "Geçen yıl senin gibi bir çocuk Amerika'dan döndü ve birçok köy için kuyu yaptı. Sen de bir okul açabilirsin. Çocuklarımız senin gibi zeki olsun."

Kuol arkasını döndü. Dönüş biletini incelemeye başlamıştı bile. Amerika'da özlediği darı lapasının tadı kaçmıştı. Geceyi üzerinde geçirdiği ip yatak sarkmış, bambu iskeleti gıcırdıyordu. Batı yemekleriyle terbiye edilmiş midesi baharatlara isyan ediyordu. Evine dönmek istiyordu. Eve mi? Evi neredeydi?

Cindy öldürülene kadar Amerika'yı evi olarak görmeye başlamıştı. Bir süpermarkette kimliği belirsiz bir saldırgan tarafından anlamsızca vurulmuştu. Cindy, kadınların en kibarıydı, doğuştan empati sahibi bir öğretmendi. Hem çocuklar hem de yetişkinler arasında popülerdi. Her bir komşusu cenazesine geldi, ona çiçekler ve meyveler gönderdi. Ama o teselli edilemezdi. Acının eşiğinden çok sık geçmişti.

Cindy ne beyaz ne de siyahtı, teni kahverenginin zengin bir tonuydu, evlat edindiği ülke ile köklerinin bulunduğu ülke arasındaki bağlantıydı. Onun ilgisini çeken tek kadındı. Şımartılmış bir sürgün olmanın getirdiği yalnızlığını anlayan tek kişiydi. Ne zaman ona ihtiyacı olduğunu ve ne zaman düşünmek için yalnız kalması gerektiğini bilen kadın. Onunla evlenmiş ve mutluluğu tatmıştı - iki kısa yıl için.

Cindy'nin gidişiyle Amerika artık evi değildi. Sudan evi olabilir miydi? Savaş bitmiş, ülke gelişmeye başlamıştı. Sudan'ı evi yapabilir miydi? Kendi insanlarının arasında olabilir miydi? Cindy'nin ölümünden sonraki bir hafta içinde düşüncesizce bir uçuş rezervasyonu yaptı. Kendini neredeyse unuttuğu bir dünyayla yüzleşirken buldu.

Amerika'da on sekiz yıl. Farklı türden bir kök. Akan suya, rahat yataklara, elektriğe, arabalı sokaklara alışmıştı. Guavaları ne kadar sevse de, artık onlar için ağaçlara tırmanacak yaşta değildi. Babasını hayatta ve iyi bulmak güzeldi. Köy ona bakmıştı ve bakmaya da devam edecekti. Ait olduğu yer orasıydı. Ama Kuol, Amerika'ya ait olduğu kadar köye de ait değildi. Üzüntüyle, onu hayal kırıklığına uğratmak istemeyen babasına baktı.

İki kıtadaki gevşek köklerine rağmen Kuol gerçekten evsiz kalmıştı.

Rakipler

Badminton sahasını geçerlerken Mikhail'in gözlerinde parlayan çiğ nefret Yuri'nin sinirlerini bozdu. O gözlerle karşılaşamazdı. Arkasını dönerek çantasının fermuarını açtı, su şişesini çıkardı ve suyun yavaşça boğazından aşağı süzülmesine izin verdi. Bu maç tamamen farklı bir şekilde zorlu geçecekti.

Asya Badminton Şampiyonası'nda yarışan Ukrayna ve Rusya'dan seri başı oyuncularadı. Yuri kayıt yaptırdığı andan itibaren Ukrayna'ya karşı oynamak zorunda kalmayacağını ummuştu. Ancak her ikisi de ilk turları kazanarak kendilerini yarı finalde karşı karşıya bulmuşlardı.

Turnuva Mumbai'deki elit bir spor kulübündeydi, uluslararası oyuncular sıcağa ve neme alışmak için erken geliyorlardı. Vladivostok'ta Yuri kışın eksi yirmiye kadar düşen ortalama beş derecelik bir sıcaklıkla karşılaşmıştı. Hindistan'da karşılaştığı yirmi sekiz dereceyi hiç tecrübe etmemişti.

Eşzamanlı maçlar klimalı devasa bir alanda üç kortta oynanacaktı, klima sıcağa karşı kısa bir soluklanma sağlıyordu. Yuri ısınmak için üç kortun etrafında koşarken, Ukraynalı'nın da ısındığını gördü; kollarını sallıyor, omuzlarını esnetiyor, raketi yüksekte tutarak havaya vurma ve parçalama taklidi yapıyordu. İki numaralı kortta Danimarka ve Kore'den oyuncular ter içinde maçlarına başlamıştı. Üçüncü kort hâlâ boştu. Ukrayna ve Rusya'ya bir numaralı kort tahsis edilmişti.

Hakem düdüğünü çaldığında sarı-mavi gömlekli oyuncu kırmızı-siyahlı rakibine karşı fileye doğru yürüdü. Yuri atış atışını kazandı ve servis atmaya hazırlandı. Ukraynalı oyuncu servise karşılık verdi ve mekiği kortun uzak ucuna doğru kaldırarak Yuri'nin filenin üzerinden geçirdiği mekiği büyük bir hevesle geri fırlattı. Ralli bir ileri bir geri gitti, takdir eden seyirciler boyunlarını sağa sola sallarken her biri diğerini itti. Mikhail kazanan atışı yaptığında alkış tufanı koptu. Yuri kazanan atış kadar rallinin de takdir edildiğini fark ederek gülümsedi.

Hızla toparlanan Yuri, Mikhail'i geride bırakmak için üç sayı attı. Seyirciler sessizliğe gömüldü. Mikhail'in gözünü tekrar yakaladığında on beş-yedi öndeydi. Saf zehir. Kaplan gözlü Ukraynalı alnındaki teri sildi, bir yudum su içti ve gözlerini sıkıca odakladı. Servisi mükemmeldi. Oynanamaz bir vuruş. Yavaşça yaklaştı, skoru eşitledi. Mikhail tekrar tekrar gol attıkça, kalabalık onun adını haykırmaya başladı. "Mi-khail! Mi-khail!' Yuri bocalamaya başladı. Set Ukrayna'ya gitti.

Kortun kenarına çekilip küçük havlularla terlerini silerken ikisi de nefes nefese kalmıştı. Tarafsız bir sahada oynamalarına rağmen - ne Rusya ne de Ukrayna - uzun ve zorlu bir rallinin ardından sayı aldığında kibarca alkışlanırken Mikhail sayı aldığında yüksek tavandan yankılanan çığlıkların yükselmesi Yuri'yi rahatsız etti. Yuri iyi mücadele ettiği iki maç puanının ardından ılık alkışlar eşliğinde ikinci seti kazandı.

Yuri'nin koçu çok öfkeliydi. "Seyirciler spora değer vermiyor. Maça savaş cephesi olarak bakıyor!"

Yuri, kalabalığın yeteneğinden değil milliyetinden etkilendiğini fark etti. Dikkati dağıldı. Savaş kurbanlarına duyulan sempati Mikhail'e destek verirken, o saldırganların ulusundan geliyordu. Savaş karşıtı protestolarda gözaltına alındığını bilselerdi tepkileri farklı olur muydu?

Yuri, Rusya'nın doğu kıyısında, Trans-Sibirya demiryolunun başındaki Vladivostok'tan geliyordu. Coğrafi olarak şehri Japonya ve Alaska'ya Moskova'dan daha yakındı. Bir öğrenci lideri olarak o ve Svetlana, Moskova tarafından zehirlendiği iddia edilen muhalif lider Alexei Navalny'yi desteklemek için kitlesel protestolar düzenlemişlerdi. Navalny tedavi için gizlice Almanya'ya uçmuş, ancak iyileşir iyileşmez ülkesine dönmüş ve tutuklanmıştı. Yuri, Af Örgütü'nün Vicdan Mahkumlarından biri olan Navalny'ye hayrandı.

Yuri'yi savaş karşıtı protestolara katılmaya iten şey vicdanıydı. Bombaların dümdüz ettiği şehirlerin görüntüleri, öldürülmekten korkan anneleriyle birlikte koşuşturan çocuklar, hayal edilemeyecek sayıda ölüm. Savaşın hiçbir anlamı yoktu. Savaş alanında Ukraynalılar kadar Ruslar da ölüyordu. Barış yürüyüşlerine katılmış, göz yaşartıcı gaza maruz kalmış, Svetlana zorla hapishaneye götürüldüğünde ağlamıştı.

Milli bir badminton oyuncusu olarak savaş görevinden muaftı ama birkaç arkadaşı askere alınmıştı. Hayatta kalabilecekler miydi? Yaralı olarak mı döneceklerdi? Svetlana işkence mi görüyordu? Sakat mı kalacaktı? Sonunda serbest bırakıldığında hayatlarına eskisi gibi devam edebilecekler miydi?

Hükümetinin neden olduğu acılardan uzak durduğunu yabancılara nasıl anlatabilirdi? Bu onu bir hain yapmaz mıydı? Bir insan ülkesini severken hükümetinin eylemlerini onaylamaz mı?

Koçun sahanın bir savaş cephesi olduğu yönündeki yorumu göz açıcıydı. Savaş alanında kazanan yoktur. Yıkım ve acı çok yüksek bir bedeldir. Üçüncü set Yuri'nin rahatsız bir ruh haliyle başladı.

Mikhail de koçuyla görüşüyordu. Korta ateşler içinde döndü, gözlerinde Yuri'nin daha önce gördüğü öfke parlıyordu. Raketin raketle vuruşları Yuri'yi kortun arkasına doğru itiyor, Yuri uzanamayacağı kadar uzaktayken mekiği filenin hemen üzerine bırakıyordu. Ama Yuri'nin oyunundaki ateş sönmüştü. Oyunu ve onunla birlikte maçı da kaybetti. Gözleri kapalı bir şekilde orta sahada diz çöken Ukraynalı'yı gök gürültülü tezahüratlar karşıladı. Yuri üzgün bir şekilde uzaklaştı.

Kulübün tüm oyuncular için ortak bir soyunma odası vardı. Danimarkalı ve Koreli oyuncular, Koreli oyuncu kazandıktan sonra duşlarını alıp gitmişlerdi. Kanadalı ve Pakistanlı oyuncular hâlâ üç numaralı kortta mücadele ediyordu. Yuri tuvaletten çıktığında Mikhail'i yalnız, çömelmiş, omzuna bir havlu atmış, mutlu bir şekilde ıslık çalarken buldu. Yuri bir süre onun ayakkabı bağcıklarıyla uğraşmasını izledikten sonra "Tebrikler" dedi.

Mikhail arkasını döndü. İki sporcu birbirini değerlendirdi, Mikhail'in gözlerini şüphe bulutları kapladı "Teşekkür ederim. Bugün kazananlar yarın kaybedebilir," diye kısa bir cevap verdi ve badminton ayakkabılarını çantasına tıkıştırıp Yuri'nin yanından geçerek duş odasına gitmek üzere ayağa kalktı.

Yuri düşüncesizce, "Duştan sonra kahve içmek için bana katılır mısın?" diye sordu.

Mikhail'in çenesi düştü. "Benimle kahve içmek mi istiyorsun?"

Yuri omuz silkti. Kelimeler ağzından uçup gitmişti. O da en az Ukraynalı kadar şaşkındı.

"Ben finaldeyim. Sen eve gidiyorsun," dedi Mikhail uzun bir aradan sonra. "Neden benimle kahve içmek istiyorsun?"

"Başka turnuvalar da olacak."

Mikhail şaşkınlıkla başını salladı. "Gerçekten benimle kahve içmek mi istiyorsun?"

Yuri sessiz kaldı, başını salladı.

Mikhail ellerini havaya kaldırdı. "Tamam. On beş dakika."

Yuri'nin kafası uğulduyordu. Bu plansız davetin dudaklarından kaçmasına ne sebep olmuştu? Sportmenlik ruhu muydu? Ukraynalı'yı gerçekten tanımak istiyor muydu? Savaşla ilgili kuşkularını bir düşmana anlatmak vatanseverlik olmaz mıydı? Düşman mı? Mikhail bir rakipti, düşman değil. Ne hakkında konuşacaklardı ki?

Serin bir esinti Yuri'yi, yerlilerin çay, sandviç, samosa, idlis, chaat gibi Hint lezzetleri eşliğinde sohbet ettiği masalarla dolu çimenlikte karşıladı. İnsan kümesinden uzakta, en uçta bir masa seçti. Tekir bir kedi karşıdan karşıya geçerek sırtını Yuri'nin kaval kemiğine sürttü. Eğilip onu gıdıkladı. Kedi koşarak uzaklaştı.

Birkaç dakika içinde Mikhail göründü. "Hindistan o kadar sıcak ki daha duştan çıkmadan terden sırılsıklam oluyorsun," dedi. "Gömleğime bakın. Terden ıslanmış."

Yuri güldü. "Benim geldiğim yerde biz hiç terlemeyiz."

"Kharkiv'de sadece yazın biraz terlersiniz. Gömlek terletmez"

Kızılderililerle dolu masaların arasında iki beyaz adamdılar. Arkadaş gibi görünüyorlardı. Kimse onların savaşan ülkelerden olduğunu düşünmezdi. Yuri garsonu çağırdı, kahve ve sandviç sipariş etti. Mikhail bir paket sigara çıkardı ve Yuri'ye bir tane uzattı.

"Mikhail başarısının verdiği rahatlıkla, "İzleyici kitlesi senin için hoş değildi," diye söze başladı. Yuri yüzünü buruşturdu ama bir şey söylemedi. "İkinci setten sonra maçı alacağını düşünmüştüm. Sonra güç bana geri geldi."

"Oyunun gerçekten agresifleşti."

Mikhail alaycı bir şekilde güldü. "Evet. Koç dedi ki 'Devam et! Onun tank olduğunu düşün, o kask! Düşmanı vur!" Ben de kaska nişan alıp tankı parçalıyordum."

Birden ne söylediğinin farkına vararak nefesi kesildi. İki adam da donup sessizliğe gömüldü. Garson elinde kahveyle geldi. İkisi de fincanlarını kaldırmadı.

Sonunda Yuri, "Kafam miğferin içinde olsaydı beni vurur muydun?" diye sordu.

Mikhail kelimeleri ararken sessizlik uzadı. "Ben insanları vurmam," dedi yavaşça. "Ama senin ülken benimkini işgal etti. Ve savaşta savunmak için saldırmak zorundasınız."

Yuri içini çekti: "Savaş her şeyi değiştirdi. Barışı geri getirmeliyiz."

Mikhail gözlerini kapadı. "Ülkeniz savaşmayı bırakırsa barış olur. Ama biz savaşmayı bırakırsak Ukrayna diye bir şey kalmayacak. Başka seçeneğimiz yok. Savaşmak zorundayız."

Yuri, Mikhail'in gözlerindeki nefretin yatışmış görünmesinden dolayı rahatlamıştı. Saha içi rekabetin saha dışı dostluğa dönüşebileceğinin farkında olan sporcular gibi konuşuyorlardı ama aynı zamanda içinde bulundukları durumun inatçılığının da farkındaydılar. Yuri umutsuzca Mikhail'e bir savaş protestocusu olduğunu söylemek istedi. O doğru kelimeleri bulamadan Mikhail konuştu.

"Annem ve yedi yaşındaki köpeğimiz geçen yıl Kharkiv'de öldürüldü. Evimiz bombalandı. Her şeyimizi kaybettik. Babam ve ben kaçtık çünkü bir sığınakta gönüllü olarak çalışıyorduk."

Sert bir sesten acı sızıyordu. "Evsiz kaldık. Paramız yok. Turnuva bana para verdi. Babamı otobüse bindirip Polonya'ya gönderdim. O güvende.... Ne kadar süre....? Onu tekrar görebilecek miyim?

Hayatta kalan ve acı çeken birini dinlemek Yuri'yi televizyon görüntülerinden on kat daha fazla etkiledi. Yüzünü bir maske haline getirmeye çalışırken dudakları titredi. Mikhail'in nafile sorusuna cevap veremeden bakışlarını ayakkabılarının altındaki çimlere indirdi. Yanındaki adama böylesine acı çektiren vahşetten kendini nasıl uzak tutabilirdi?

"Svetlana tutuklandı," diye ağzından kaçırdı. Mikhail sorgulayan gözlerini kaldırdı. "Svetlana, benim... benim özel arkadaşım barış için yürüdüğümüz için tutuklandı."

Mikhail'in gözleri inanılmaz bir şekilde açıldı. "Ona ne olacak?"

Yuri omuz silkti. "Bilmiyorum."

"Aman Tanrım...! Yani... sen de.... acı çekiyorsun...."

Sessizce oturdular. Ortak duyguların mandala'sıyla birleşmiş insanların sessizliği. Ülkelerini birbirinden ayıran savaşın neden olduğu acılar. Mikhail iç çekerek Yuri ile aynı anda kahvesine uzandı. Gözleri tereddütlü yarım gülümsemelerle buluştu. "Savaşta herkes acı çeker," dedi acı acı. "Buna sebep olan yöneticiler hariç."

Yuri, Ukraynalıya uzanıp onu kucaklamak için mantıksız bir dürtü duydu ama bunun uygunsuz olacağını biliyordu. Eli yine bacağına yaslanmış mırlayan tekir kediye uzandı. Parmaklarını kedinin karnının altından geçirerek onu kucağına aldı ve kahverengi-beyaz tüylerini okşadı. "Kherson kedileri daha büyük," diye yorumladı Mikhail, Yuri'nin kediyi sandviçinden bir parça ile beslemesini izlerken.

"Bizim evde iki kedimiz var. Svetlana her gün balık verirdi. Kim bilir..." Yuri'nin sesi kesildi.

Mikhail sessizliğin uzamasına engel oldu. Derin bir nefes alarak, "Kortlar artık boş olmalı. Hadi bir dostluk maçı yapalım."

"Neden olmasın?" diye cevap verdi Yuri, kediyi çimenlerin üzerine bırakmak için sandalyesini geri iterek. "Ama seni kafamı ezmeye teşvik eden antrenörden uzak dur!"

Gülüşerek uzaklaştılar, Ukraynalı'nın kolu Rus'un omzundaydı.

Ne gündü ama!

Romeo'nun taksisinin benzini bitmek üzereydi. Son yolcusunu da bıraktıktan sonra benzin pompasına yönelmiş ancak pompada CNG kalmamıştı. En yakın pompa iki kilometre ötedeydi.

Yolcu bulmanın kolay olacağı şehir merkezindeydi. Genellikle daha fazla kâr elde etmek için uzun mesafe yolcularını beklerdi. Bugün seçici davranamazdı. Benzin pompasına doğru gitmek isteyen bir yolcuya ihtiyacı vardı.

Bir alışveriş kompleksinin önüne park etti. Ellerinde paketlerle çıkan insanlar müşteri olacaklarından emindi. Cadde sabahın geç saatlerinde yayalarla doluydu. Bir gazete satıcısı kaldırıma gazete ve dergiler yaymıştı. Seksi bir siren, bir film dergisinin kapağından baştan çıkarıcı bir şekilde gülümsüyordu. Bir çift güvercin kaldırımı gagalayarak ötüyordu. Satıcı onları uzaklaştırdı.

Romeo onların bir lamba direğine doğru çırpınışını izliyordu ki, yerde bir gümbürtü hissetti ve ardından kulakları yırtan bir patlama duydu. Sokağın karşı tarafındaki dar bir sokakta bulunan çok katlı bir binadan dumanlar yükseliyordu. Gittikçe koyulaştı, yoğunlaştı, bir pencereden alevler sıçradı. Sonra yeni inşa edilen Zydus Kuleleri'nin devasa bir parçası yere çakıldı. Hâlâ ne olduğunu anlamaya çalışıyordu ki insan dalgaları ona doğru koşmaya başladı.

"Bomba! Bomba patladı" diye bağırdı bir adam.

"Kaçın! Bir tane daha olabilir!"

Hıçkırarak ağlayan orta yaşlı bir kadın taksinin kapısını çekerek açtı. "Tren istasyonu," diye titrek bir sesle bağırdı.

İri yarı bir adam kadını kenara itti ve Romeo'nun yanındaki ön koltuğa atladı.

Romeo öfkeyle, "Hey! Önce kadın geldi," diye bağırdı.

"Şu şeride gir," diye emretti adam.

"Delirdin mi sen! Bir bomba patladı!"

"Sana söyleneni yap!" diye emredici bir sesle konuştu.

"Taksimden in! Sen kim olduğunu sanıyorsun!"

Adam cüzdanından bir kart çıkardı. Ev Muhafızları. Kamu hizmeti için vatandaşlar. "Yaralıların acilen hastaneye kaldırılması gerekiyor. Sana hemen Zydus Kuleleri'ne gitmeni emrediyorum."

Romeo isteksizce kontağı çevirdi ve kalabalık caddeye girdi. İnsanlar zombi gibi yürüyordu. Her yüzde donuk bakışlar, şaşkın ifadeler vardı. Hepsi, bölgeye ulaşmayı başaran tek itfaiye ekibinin çan seslerine karşı sağırdı. Etrafta kalabalığı kontrol edecek hiçbir polis yoktu. Romeo bir şekilde itfaiye ekibinin arkasından ilerleyerek Zydus Kuleleri'ne ulaştı.

"Dur!" diye emretti otoriter bir adam. Kanlı bir gömlek giymiş orta yaşlı bir adam kaldırımda sallanıyordu.

Romeo'nun yolcusu ona doğru koştu ve onu taksinin arka koltuğuna götürdü. Romeo'ya yaralı adama göz kulak olmasını söyleyerek diğerlerini aramak için binanın içine doğru koştu.

Adam inliyordu, gözleri kapalı, başı geriye atılmış, ağzı sarkmıştı. Kanlı gömlek Romeo'nun tüylerini diken diken etti. Taksiyi keskin bir koku doldurdu.

Romeo ürperdi. Nasıl olmuştu da bu tuzağa düşmüştü? Bu iri adam onu zorla şeride soktuğunda tam da bir yolcu bekliyordu. Arabayla uzaklaşmak için güçlü bir dürtü duydu. Yaralı adamı üzerine kan bulaştırmadan taksiden çıkarabilir miydi? Onu kaldırımda öylece nasıl bırakabilirdi?

Dışarı adımını attı, koşuşturan kalabalık tarafından itildi, karanlık bir kapı aralığına girmeyi başardı, çiğneyen ayaklardan uzakta. Hava pusluydu, dönen tozla ağırlaşmıştı. Taksisini bırakıp eve gitmeyi düşündü. Kargaşa yatıştıktan sonra geri dönebilirdi.

Ama İç Güvenlik geri dönmüş, kesik elinden çiğ et sarkan genç bir çocuğu taşıyordu. Romeo yutkundu. Bu, sık sık uğradığı yol kenarındaki çay tezgâhında çalışan çocuktu. Bomba patladığında lüks ofislere çay dağıtıyor olmalıydı.

"Ön kapıyı aç," diye seslendi adam.

Ön kapı! Sürücünün yanındaki iğrenç eliyle! Hayır! Hayır! Romeo çığlık atmak istedi. Tüberküloz hastası annesinin her gün kan kustuğunu gördüğü zamandan beri kandan tiksiniyordu. Kanayan çocuk unutulmuş anıları canlandırıyordu. İri yarı adam çocuğu nazikçe içeri sokarken isteksizce arka kapıyı açtı.

"En yakın hastaneye," diye bağırdı adam, şoförün yanına binerek. Romeo itaatkâr bir şekilde yola koyuldu. Kanlar içindeki yolcularından kurtulmanın tek yolu buydu. Arka koltukta olmalarına rağmen kan görmek midesini bulandırıyordu. İnsanlar bombalanmış binadan dar sokağa, sokaktan da trafiğin durma noktasına geldiği ana caddeye dökülüyordu.

Tiz sirenler ambulansların Zydus Kuleleri'ne doğru ilerlediğini duyuruyordu. Romeo yaralıların ambulansa taşınmasını önermek isterken, gözleri asla unutamayacağı bir manzaraya takıldı.

İki adam park halindeki beyaz bir arabanın tavanına tırmanmış, "İlk Yardım! Bandaj! Ağrı kesici!" Yaralılara yardım etmek için yerel eczanenin stoklarını boşaltmışlardı. Sersemlemiş insanların sıcak çay ya da şişe su ile sinirlerini yatıştırmaları için yere bir çarşaf serilmişti. Romeo olay yerini terk etmek istediği için utanç duydu. Suçluluk duygusuyla boğuşurken yaralı yolculara "Su ister misiniz?" diye sordu.

"Acil duruma ihtiyaçları var! Su değil," diye bağırdı İç Güvenlik Görevlisi. "Hızlı sürün!"

Hızlı gitmenin tek yolu bir düzine insanı tekerleklerin altında ezmek olurdu. Romeo korna çalarak ilerledi. Dört polis, ambulanslara yol açmak için park etmiş arabaları yoldan çekmeye çalışıyordu. İç Güvenlik Görevlisi taksideki yaralıları işaret ederek onlara seslendi. Bir polis bağırarak lathi'sini çıkardı. Kalabalık iki kola ayrılarak taksiye yol açtı.

Romeo arbededen çıktıktan sonra gaza bastı ve daha az benzin harcamak için yüksek viteslerde ilerledi. Taksinin durması felaketi ikiye katlayacaktı. İri yarı adam zaman zaman dönüp yaralılara bakıyordu. Nefes alışlar ve inlemeler rahatsız ediciydi. Romeo dikiz aynasına bakmaya cesaret edemedi. Hastaneye vardıklarında, İç Güvenlik Görevlileri bağırarak sedye istediler. Hastane personeli yaralıları içeri taşıdı.

Romeo'nun başı direksiyona düştü, elleri titriyordu, açık ağzından tükürük damlıyordu. Annesinin zayıf yüzü ve kan lekeli çarşafının görüntüleri aklından çıkmıyordu. Kendini toparlayıp taksiden inene kadar dakikalar geçti, arka kapıyı el yordamıyla açtı.

Kan koltuğun her tarafına sıçramış, tüylerini diken diken etmişti. Temizlemek onun işiydi. Kendini sakinleştirmek için derin bir nefes alarak süpürge ve kova almak için bir kadın süpürgeciye yaklaştı, arka koltuğa körü körüne su sıçrattı, gözlerini kırmızı izlerden sakındı. Çocuğun yerleştirildiği köşede kan pıhtılaşmıştı. Sopalı süpürgeyle koltuğu çılgınca kazırken Romeo'dan bir hıçkırık yükseldi. Sonunda taksi tekrar normal görünmeye başladı.

İç Güvenlik Görevlisi asık suratla geri döndü. "Biz ulaşmadan önce çocuk ölmüştü. Adam solunum cihazına bağlı. Yaşayamayabilir," diye ciddiyetle bilgi verdi. "Ailelerini bulmak zorundayız."

Biz mi? İç Güvenlik neden Romeo'nun bu çileye devam etmek isteyeceğini düşünmüştü? "Çocuk yolun köşesindeki çay tezgahında çalışıyordu," derken buldu kendini.

"Kimin için çalıştığını biliyor musun?"

"Ramdas adında bir adam. O da yaralanmış olabilir. Yine de kalabalık olacak."

"Beni oraya götür."

Romeo arabayı çalıştırdı ama daha yeni hareket etmişlerdi ki araba tekledi ve durdu. "Benzin yok," dedi özür diler gibi ama bu ikilemden onurlu bir şekilde çıkabildiği için içten içe rahatlamıştı.

İç Güvenlik Görevlisi de iç çekti. "Biz üzerimize düşeni yaptık. Merkeze haber vereceğim. Onlar devralabilir."

Kapıyı açtı ve taksiden indi. "Efendim, taksi ücreti."

İç Güvenlik hayretle baktı. "Taksi ücreti...? Biz kamu hizmeti yapıyoruz. Taksi parasını kim verecek?"

"Ama efendim.... bütün sabahı harcadım."

"Ve beni benzinsiz bıraktınız! Bu ne biçim hizmet!" Romeo'ya sırtını döndü ve uzaklaştı.

Romeo öfkeli gözlerini gökyüzüne kaldırdı. Bu üzücü deneyimin anlamı neydi? Bir günlük kazancını kaybetmişti. Bir hayat kurtarmakla bile bitmemişti!

Aşk, Her Şeye Rağmen

"Lrenya bir sonraki otobüse bin."
"Gidersem nasıl yiyecek bulacaksın?"
"Bu çok tehlikeli. Her an bombalanabiliriz."
"Eğer bombalanırsak, birlikte ölebiliriz."

Igor'un sağ bacağı kesildiğinden beri bu konuşmanın varyasyonları günlerini dolduruyordu. Şehirlerini işgalcilere karşı savunmak için gönüllü olmuş ve çatışmada yaralanmıştı. Kurtarılana kadar saatler geçmiş, hastaneye getirildiğinde yaralı bacağı çamura bulanmış.

Yarı baygındı, sayıklıyordu. Personel yetersizliği olan hastane yaralılarla doluydu. Ampütasyonun önlenip önlenemeyeceğini tartışacak zaman yoktu. Telaşlı doktor, İrenya'ya kangren riskini azaltmak için ampütasyon yapıp yapmayacağına karar vermesi için sadece yarım saat verdi. İşini şansa bırakmayacaktı. Bacak olsun ya da olmasın kocasının yaşamasını istiyordu. Şimdi İrenya'nın güvenli bir yere ulaşmasını istiyordu ama İrenya onu bırakmayacaktı.

Birkaç ay önce, deniz kenarındaki Mariupol kasabasında gümüş yıldönümlerini kutlamışlardı. Oğulları ve kızları üniversiteye gittikten sonraki ilk tatilleri. Olgunluk, iki parlak çocuk yetiştirmenin verdiği tatminle birleşince ikinci bir balayı olmuştu.

Perdelerin arasındaki boşluktan içeri ışık sızmaya başlamıştı. Güneş yeni bir günde daha doğuyordu. Neyse ki çocukları güvendeydi ama İgor'un kardeşi güvende miydi? Ya Irenya'nın teyzeleri? Bardaki arkadaşları? Onların apartmanı da sokağın karşı tarafındaki gibi enkaza mı dönüşecekti? Belirsizliklerle dolu bir gün daha. Tıpkı dün gibi. Sayısı bilinmeyen yarınlar gibi.

İrenya yüksek sesle esneyerek kollarını gerdi ve kendini yataktan dışarı attı. Ayaklarını sürüyerek mutfağa gitti ve tepedeki düğmeye bastı. Işık yoktu. Mutfak tanıdıktı, yarı karanlıkta etrafta dolaşabilirdi. Kamp ocağında hâlâ yağ vardı. Çekmecede el yordamıyla bir kibrit kutusu aradı. Kibriti çakınca sıcak bir ışık boş rafları aydınlattı.

Igor'a sabah çayının yanında ne verebilirdi? Beslenme onun iyileşmek için tek umuduydu. Yardım görevlisinin getirdiği paket neredeydi? Kız geldiğinde Igor'un bacağındaki sargıyı değiştiriyordu. İyileşiyordu, kabuklar çiğ eti kaplamaya başlamıştı. Kıza paketi nereye bırakmasını söylemişti? Ah evet, vestiyerin yanındaki küçük masanın üzerindeydi.

Keskin gözleri ve neredeyse beline kadar uzanan koyu kahverengi saçlarıyla yardım görevlisi, İrenya'ya çalıştığı güzellik salonundaki kızları hatırlattı. Güvenli bir yere kaçmışlar mıydı? İçlerinden herhangi biri yaralanmış mıydı? Kız Mariupol'un ağır bombardıman altında kaldığını, neredeyse enkaza döndüğünü anlatırken

İrenya ürperdi. Yaşlı çifti İgor'un yaralanmasıyla baş başa bulduğunda şok olmuş ve ona hastaneye gitmesini tavsiye etmişti.

Igor ona "Bombalandığı gün hastanedeydim," dedi. "İkinci kez beni sedyeyle taşımak zorunda kaldılar. Artık benim için sedye yok. Evde ölmeyi tercih ederim."

Yardım paketinde çay, süt, şeker, Pampuşki, peynir, müsli ve inanılmaz derecede büyük bir çikolata vardı. Pampushki sarımsak kokuyordu. İrenya sarımsaklı ekmeği folyoya sardı, peyniri de başka bir folyo parçasına sardı. Bunu iki-üç gün uzatabilirlerdi. Çay ve şekeri kavanozlara boşalttıktan sonra kocasına seslendi. "Igor! Bugün çikolata yiyebiliriz!"

"Çikolata! Çikolatayı en son ne zaman gördük?"

"Geçmiş hayatımızda," diye kıkırdadı ve iki fincan çay, müsli, süt ve şekeri bir tepsiye dizdi. Çikolatayı belirgin bir şekilde fincanların arasına yerleştirdi ve Igor'un yatağına taşıdı. İgor'un en sevdiği fındıklı çikolataydı. İrenya folyoyu açtı, iki küp koparıp kocasına uzattı, bir küpü de kendine ayırdı

"Yavaş yavaş tadını çıkar," diye mırıldandı Igor kendini oturur pozisyona çekerek. "Bir tane daha ne zaman buluruz bilmem."

"Mmm" diye onayladı karısı, çikolatayı dumanı tüten çayla yıkarken.

Yiyecekleri ne kadar süre dayanmalıydı? Kız bir daha ne zaman gelecekti? Igor köylerindeki en şık ayakkabı mağazasının sahibiyken yardıma muhtaç hale gelmek ne kadar aşağılayıcıydı. Yerel okulun modernizasyonu için en büyük bağışçı oydu. Eski hayatlarını yeniden canlandırmayı başarabilecekler miydi?

İgor her zamanki gibi çayı yüksek sesle höpürdetti ve İrenya her zamanki gibi onu azarladı. Küçük çikolata parçasını aldığını fark edince karısının eline uzandı ve başparmağıyla bileğini okşadı. Saçlarının rengi solmuş, gri kökler çizgilerle karışmıştı. Savaştan önce, tek bir gri tel görse bile ona saçlarını boyatmasını söylerdi. Saç renginin artık pek önemi yoktu.

Çayı yavaşça yudumladılar, papatya aromasının üzerinde oyalandılar, sıcaklığının tadını çıkardılar. Hayat takla atmıştı. Çay ve çikolatayı lüks olarak düşünmek garipti. Moloz yığınları sokakları kirletirken hayatta kalmak bile lükstü.

Dairelerinin karşısındaki bina üç gün önce bombalanmıştı. İrenya kurtarma görevlilerini izlemiş, topallayarak pencereye gitmekte ısrar eden tedirgin İgor'a tutunmuştu. Ölü bedenler temizleniyor, yaralılar sedyelerle taşınıyordu. Kefenle örtülmüş bir ceset gördüklerinde sessizce istavroz çıkardılar.

"Ben de olabilirim."

"Ya da ben"

"Ya da ikisi birden".

Çelik kirişler beşinci ve yedinci katlar arasında hâlâ tehlikeli bir şekilde asılı duruyordu. İrenya, aşağı düşüp altındakileri ezebileceklerinden korkuyordu. Parçalanmış pencerelerinin üzerine koyu renk perdeler çekti ve açılmalarını önlemek için ağır bir sandalyeyle pencerenin altına sıkıca sabitledi. Perdeler onları iç burkan görüntülerden koruyordu. Duvarlar ve pencereler yıkılırken dayanıksız perdelerin ayakta kalması ne kadar da ironikti.

Mariupol'un yakında düşeceğine dair haberler iç karartıcıydı. Bu konuda konuşmaktan kaçındılar. Sevdikleri anıları paramparça etmek kırılgan zihinsel huzurlarını bozabilirdi. Güneşin giderek yükselmesi ve çayın boğazlarını ısıtmasıyla birlikte anılar sel gibi geri geldi.

"Mariupol'u hatırlıyor musun?" diye sordu usulca.

"Yok oldu. Bütün binaların kömürleşmiş olduğunu söyledi."

"Kumsal kalacak. Sahili bombalayamazlar."

"Tchaikovsky balesini izlediğimiz tiyatro harabeye dönmüş. Seyirciler arasında yaralılar var. Sen ve ben de olabilirdik."

"Biz hâlâ hayattayız. Ve birlikteyiz," diye hatırlattı ona sertçe.

"Tanrı'ya şükür."

Koy manzaralı, verandaya giden yolda sarı nergislerin dans ettiği şirin bir otelde kalmışlardı. Balkonlarından dalgaların arasında sallanan rengârenk tekneleri görebiliyorlardı. Otel muhtemelen yıkılmıştı ama bildikleri haliyle hatırlayarak onun ruh halini hafifletmek istedi.

"Resepsiyon görevlisinin masasında duran, içinde Hershey's Kisses olan kalp şeklindeki kaseyi hatırlıyor musun?" dedi elini uzatarak. "Ya arkasındaki lobide duran güzel kızların resmini?"

"Her zaman güzel kızları fark ediyorsun!" diye şakacı bir şekilde somurtarak elini geri çekti.

Adam elini tekrar kendisine doğru çekti. "Sen dünyanın en güzel kızısın. Kelebeklerin etrafında renksizleştiği çiçeksin."

Bu onun gözlerine bir pırıltı getirdi. "Şiirselleşmene bayılıyorum," diye gülümseyerek okşamasına karşılık verdi.

"Ben de komik olmana bayılıyorum. Beni çok güldürdüğün için gömleğime çay döktüğümü hatırlıyor musun?"

"Sen her zaman sakarsın," diye çıkışarak dirseğine hafifçe vurdu. "Çayı bile yatağa döküyorsun!"

Adam gülerek onun elini sıktı. "Çünkü senin temizleyeceğini biliyorum."

"Yirmi beş yıldır bunu yapıyorum!"

Hafifçe öpüştüler, ne kadar değerli ve tehlikeli olduğunun farkında olarak birlikteliğin sıcaklığının tadını çıkardılar. Adam onun kulağının arkasını gıdıkladı. Kadın kıkırdadı. Kayıp bacağında şiddetli bir ağrı hissedince geri çekildi. "Hayalet ağrısı," diye uyarmıştı doktor onu. Ayağa kalktı, çarşafları düzeltti ve onun yanındaki sandalyeye yerleşti.

Birkaç dakika içinde yeniden gülümsemeye başladı. "Yemekte bize serenat yapan kemancıyı hatırlıyor musun? Seninle flört ediyordu."

"Yakışıklı değil miydi! Ama gitarı vardı, kemanı değil," diye düzeltti.

"Sana hediye ettiğim inci küpelerle siyah elbisenin içinde muhteşemdin."

"Ve sen gitaristten daha yakışıklısın."

Tekrar onun yatağına doğru ilerledi. Ellerini sıkıca kavuşturdular, her ikisinin de gözlerinden yaşlar süzülüyordu. "Müzik, şarap, deniz kıyısında gece yarısı yürüyüşü.... sonrasında.... Muhteşem bir gece geçirdik."

"Hayatımızın en güzel tatiliydi."

Onu kendine çekti ve başını omzuna yasladı. "Mariupol'u asla unutmayacağız. Anılarımızda yaşamaya devam edecek. Anılarımızla Mariupol'ü tuğla tuğla yeniden inşa edilene kadar canlı tutacağız."

"Evet," diye fısıldadı. "Evet. Anıların böyle bir gücü var."

Savaş Bölgesindeki Çocuklar

Shaziya'nın pencerenin cam parçaları arasında gördüğü ilk şey, tüm bu kargaşadan sonra hâlâ dimdik ayakta duran sivri dağ oldu. Gözlerini kapadı ve tekrar açtı. Dağ hâlâ oradaydı.

Çok yavaşça başını çevirdi. Ölü kardeşinin sadece ayak parmaklarını görebiliyordu. Çoğunu bir çarşafla örtmeyi başarmıştı ama uzun boylu yakışıklı bedeninin ayakları dışarıda kalmıştı.

İnsanların neden kavga ettiğine dair hiçbir fikri yoktu. Köylülerin çoğu kaçmış ya da öldürülmüştü. Babası, kızının okula devam edebilmesi için savaşmaya gideceğini söylemişti. Bir daha geri dönmemişti. Annesi o daha hatırlayamadan ölmüştü. Şimdi Faiz de gitmişti. Sadece dağ tanıdık kalmıştı.

Adamlar içeri girdiğinde demir yatağın altına sürünmüştü. Çığlık atmamak için ağzına yastık tıkamıştı. Şiddetli sesler duydu, silah sesleri çığlıklar, sonra ölümcül bir sessizlik.

Sessizlik uzadığında, onların gittiğini anladı. Önce bir bacağını, sonra bir elini, daha sonra da yatağın kenarına asılı durrie'yi hareket ettirdi. Yavaşça saklandığı yerden çıktı ve kardeşinin etrafını saran kan gölünü görünce şok oldu. Hıçkırıklarını bastırarak kardeşinin üzerini çabucak bir çarşafla örttü ve yatağın altındaki sığınağına geri döndü.

Geride hiç ailesi kalmadığını fark etti. Tabii babası bir yerlerde hayattaysa o başka. Ama nerede? Onu bulabilir miydi? Hıçkırıklar göğsünden bir çığ gibi fırladı. Korku ve keder birbirine karışmıştı. Gözyaşları kederini boşaltmadan akıyor, gerçekler içine işledikçe korku daha da keskinleşiyordu. Sonunda uykuya daldı.

Ve gözlerini dağa dikerek uyandı.

Shaziya ve Faiz küçük keçi sürülerini dağın eteklerinde otlatmaya götürdüklerinde, keçilerin zengin kremalı süt vermek için yemyeşil otları yiyebilecekleri çayıra ulaşmak için gün doğumundan önce yola çıkmaları gerekiyordu. Keçiler otlarken, kayaların arasında saklambaç oynuyor, kolye yapmak için mavi taşlar topluyor ya da bir tepeye çıkmak için birbirleriyle yarışıyorlardı. Gün sıcaklaştıkça dağ onları güneşten korurdu.

Yazın dağın karlı tepesi erir, böylece fokurdayan bir derede balık yakalanabilirdi. Faiz sarığını çıkarır, fışkıran suyun içinde döndürür, kıvranan balıkları yakalamak için bir sarsıntıyla kaldırırdı. Şaziye ateş yakmak için sopa toplar, balıkları yalnız, köklü bir banyan ağacının gölgesinde kızartırlardı. Faiz ıslak sarığını başına geçirirken, Şaziye onun pis koktuğundan yakınarak mesafesini korurdu.

Şimdi Faiz gitmişti. Cesedini ne yapacağına dair hiçbir fikri yoktu. Köy terk edilmişti. Belki de komşular da onun gibi eve kapanmışlardı. Hareket edemeyecek kadar korkmuşlardı. Evde ölü bir kardeşi olan başka biri var mıydı?

Belirsiz bir ses. Shaziya kaskatı kesildi. Kesin bir ses yaklaşıyordu... ve daha da yaklaşıyordu... duvarına sürtünüyordu. Korku boğazında düğümlendi. Yutkunarak midesinin çukuruna attı kendini, bir dirseğinin üzerinde doğrulup gözlerini dikkatle kaldırarak çatlak pencereden dışarı baktı.

Kendisinden daha küçük, aynı derecede korkmuş ve kaybolmuş görünen bir çocuk, arkasında renkli bir uçurtma sürüklüyordu, parlak kâğıttan yansıyan parıltılar onu dikkat çekici kılıyordu. Kolay bir hedefti.

Shaziya durup düşünmeden kapıyı açtı ve onu içeri çekti, çığlık atmasına fırsat vermeden eliyle ağzını kapattı. İki çocuk da titriyordu. Ona komplocu bir sessizlik işareti yaparken kalbinin güm güm attığını hissetti. Artık hayatta kalan bir ortağı vardı.

Sonunda titremesi kesildi. Hâlâ uçurtmasının ipini tutan kızın elinden su testisini aldı, şüphe yavaş yavaş gözlerini terk ediyordu. Adı Mahmut'tu, köyün diğer ucundan geliyordu. Sekiz yaşındaydı, ondan dört yaş küçüktü. O da dün geceki saldırıda ailesini kaybetmişti. Geçen ay iki turnuva kazandığı uçurtmasını taşıyarak yiyecek aramak için yıkık evinden çıkmıştı.

Şaziye mutfağa ulaşmak için Faiz'in yanından geçmek zorunda kaldı, ağabeyinin yaptığı palau hâlâ ocaktaydı. Mahmud yerdeki kan ve cesedi görünce yeniden titremeye başladı. Şehziya yüzünü nazikçe çevirerek ona yarısı dolu bir teneke tabak uzattı, tencereyi kazıyarak pirinç ve kuzu etinden kalan son parçayı da kendisi için aldı.

Durrie'yi yere serdi ve oturdu. Kupasına daha yakın bir köşeyi tercih etti. Uçurtmaya vuran güneş ışığı duvara rengârenk bir mozaik çizerek çocukları neşelendirmeye çalışıyordu ama onlar gülümseyemeden başka bir ses duydular. Bir gümbürtü, bir ayak sürtünmesi, bir başka gümbürtü, ağır nefes alışlar. Yaklaşıyorlardı. Şaziye yine çatlak pencerenin altına yerleşti, Mahmut da arkasından yaklaştı. Kimseyi göremiyorlardı ama ağır nefes alıp verme sesleri belirginleşmişti.

Bir gölge, uzun namlulu bir silahı olan uzun boylu bir adam şekline dönüştü. Şaziye'nin nefesi kesildi ve yüksek sesle ağlamasını engellemek için avucunu hızla Mahmud'un ağzına bastırdı. Rüzgârlı bir günde yaprak gibi titriyor, elini sıkıca kavrıyordu. Dakikalar önce birbirlerine yabancıydılar. Şimdi ise sanki hayat boyu arkadaşmışlar gibi birbirlerine sarılmışlardı.

Sonraki birkaç adımda adam ortaya çıktı. Kan lekeli giysileri çamurla kaplanmıştı. Kan izleri onu takip ediyordu. Nefes almakta zorlanıyordu. Silahının namlusuna dayanmış, onu koltuk değneği gibi kullanırken acı gözlerini dolduruyordu.

Mahmud kocaman silahı görünce histerik bir hale geldi. Shaziya'yı belinden kavrayarak yüzünü onun karnına gömdü ve pantolonunu ıslatarak kontrolsüzce hıçkırmaya başladı. Hırıltılı sesler adama ulaştığında korku dolu gözleri büyüdü ve silahı bırakarak ellerini teslim olma jestiyle kaldırdı. Destek alamayan bedeni yere yığıldı.

Shaziya'nın aklına silahın kurtarıcıları olabileceği geldi - eğer onu ele geçirebilirlerse. Silah adamın bir kol mesafesindeydi ama yüzü başka tarafa dönüktü. Acaba.... cesaret edip.... silahı alıp götürebilir miydi?

Bu fikir korkutucuydu ama bu riski almak zorundaydı. Bu onların hayatını kurtarabilirdi. Hıçkırarak ağlayan Mahmut'un yanından ayrılıp onu kırmızı-sarı uçurtmasının yanına oturttu ve yavaşça kapıdaki ince yarığı açtı. Kan izleri görüş alanındaydı ama adam yoktu. Silahı da yoktu. Sokağa çıkmak zorunda kalacaktı. Bu tehlikeli adımı atmaya cesaret edebilir miydi? Ya adam silahı kapıp onu vurursa?

Kapıyı yavaşça iterek açtı. Gıcırdayan menteşeler hem onu hem de yaralı adamı ürküttü. Şaziye geri çekildi ve kapıyı çarparak kapattı.

"Su," diye seslendi yaralı adam titrek bir sesle. Şaziye hareket etmedi. "Su," diye tekrar seslendi, sesindeki törpü iç burkuyordu. Titreyen elleriyle Mahmud'a verdiği testiyi yeniden doldurdu, kapıyı açtı ve elinde testiyle güneş ışığına çıktı. Kalbi çırpınıyordu ama silahı alma kararlılığı daha güçlüydü.

Adama ulaşmak için on bir adım atması gerekti. Sallanan dizleri bileklerine su dökülmesine neden oldu. Gözlerini adamın kanlı yüzünden kaçırdı. Gözlerini adamın bir adım ötesinde duran silaha dikti. Adama ulaştığında, bardakla birlikte eğildi.

Adamın titreyen elinden su döküldü. Dudaklarına ulaşamadan neredeyse yarısı boşalmıştı. Shaziya korkuyla savaşarak bardağı aldı ve suyu yudum yudum adamın ağzına döktü. Adam minnetle yutkundu. Son damlalara ulaştığında, Şaziye bardağı fırlattı, silahını kaptı, eve koştu ve kapıyı çarparak kapattı.

Adam bir an şaşkın şaşkın baktıktan sonra kahkahayı bastı. "Kurşun yok," diye seslendi. "Ama satabilirsin."

Sonra yere yığıldı, gözleri dağ gibi dağın karşısında donuklaştı.

Sürgün Olarak Yaşamak

Beş sıra asma, dallarından sarkan tombul kırmızı domateslerle öğleden sonra ışığında parlıyordu. Yarı olgun olanların bir hafta daha güneş ışığına ihtiyacı vardı. Sarmaşıklar arasında dikkatle ilerleyen Dorje olgun domatesleri hasır sepetine topladı. Diğerleri bekleyecekti.

Sebze bahçesinde dolaşarak iki büyük kırmızı biber, birkaç bezelye ve bir brokoli topladı. Sepetinde akşam yemeğine yetecek kadar vardı. İyi bir mahsul için bereketli dağ toprağına teşekkür ederek içeriye yöneldi.

Karla kaplı çam ormanlarıyla kaplı bir dağın yamacındaki evi kiraydı. Evin girişine Nazar Katta Mahakal'ı yerleştirmesine izin verilmesi için ev sahibiyle tartışmak zorunda kalmıştı. Tibetliler, üç şişkin gözlü ve tepesinden beş kafatası fışkıran korkunç bir kafanın büyük metal maskesinin sakinleri kötülüklerden koruduğuna inanıyordu. Dorje eve her girişinde ona saygıyla dokunurdu.

Duvardan duvara rengârenk lake duvar resimleri, karmaşık çiçek ve hayvan desenleriyle oturma odasını süslüyordu. Duvar boyunca, üzerinde Dalai Lama'nın bir portresinin odayı izlediği pirinç oymalı sandıklar vardı. Karşı duvardaki alçak bir masada farklı boyutlarda kaseler duruyordu. Yerde kalın yün bir halı uzanıyordu.

Dorje oturma odasını geçip mutfağa girdi ve momos ve thukpa için sebze doğramaya başladı. Rendelenmiş tavuk ve tsampa sabahtan beri hazır tutuluyordu. Yarım saat içinde Lhamo evde olacaktı. Yemek pişirmeyi bitirmek ve sıcak tereyağlı çayla rahatlamak için yeterli bir süre.

Kadın maskeye hürmet etmeden ya da kapıda ayaklarını silmeden öfkeyle içeri girdiğinde neredeyse bitirmişti. "Yarından itibaren okula gitmiyorum!" diye agresif bir şekilde duyurdu.

"Ne oldu?" diye sordu büyükbabası.

"Ching-ching, chong-chong....Her gün Maya'nın kedi seslerini duymak zorundayım! Onun evinden kaçamıyorum. Dağın eteğinde."

"Maya sadece bir çocuk," diye akıl yürüttü Dorje.

"On üç yaşında! Benim yaşımda! Ona defalarca söyledim. Biz Tibetliyiz. Çin ülkemizi elimizden aldı. Bize Çinli diyemezsin! Bu acı veriyor!"

"Sürgünler zorluklarla yüzleşmek için dirençli olmalı," dedi Dorje yavaşça kâsesindeki thukpaya sos eklerken. "Bizi güçlü kılan da bu. Benim neslimin Tibet'ten kaçarken karşılaştığı zorlukları hatırlayın."

Lhamo kızgınlıkla yüzünü buruşturdu. Büyükbabası yarım yüzyıl önceki o tehlikeli yolculuğun her ayrıntısını hatırlamaktan gurur duyardı ama ne zaman tatsız bir deneyim yaşasa, ona bunu unutması söylenirdi.

Anne ve babası Çin istilasından kaçan genç Dalai Lama'ya eşlik eden kafilede yer aldığında Dorje henüz üç yaşındaydı. Bir kahin güvenli bir rota çizmişti. Gece karanlığında hareket eden Çinli subayların kılığına girerek karlı dağları aşmışlar, buzlu Brahmaputra'yı küçük teknelerle geçmişler, şafak vakti manastırlara sığınmışlardı. Dorje'nin babası oğlunu yak yününden gri chuba'sının kıvrımlarına sokmuştu. Başı kürkle örtülü Dorje, diz boyu karda ilerlerken babasının kalp atışlarını yanağında hissedebiliyordu.

Elli yıl sonra bile Dorje bu tarihi yolculuğu Lhamo'nun zihninde sabitlemek için yeniden yaşayacaktı. Hiçbir Tibetli terk etmeye zorlandığı güzel ülkesini unutmamalıydı. Hiçbir Tibetli dilinden, geleneklerinden veya kültüründen vazgeçmemeliydi. Lhamo, Dalai Lama'nın Tibet Eğitim Konseyi tarafından yönetilen ve Tibetçe konuştukları, matematik, fizik, kimya okurken Tibet geleneklerini korudukları bir okula kaydoldu.

Dorje, dumanı tüten thukpa'yı bir kaseye doldurup ona uzatırken yüzündeki kızgın ifadeyi gördü ve rahatlamasını bekledi. Kız tavuk-sebze çorbasını höpürdeterek içti ve içine bir tsampa topu batırdı. Büyükbabasına bakmadan ikinci bir porsiyon için kaseyi uzattı. Dedesi gülümsedi. Çorba onun içini ve dışını ısıtıyordu.

Kız "Maya'dan nefret ediyorum!" dediğinde Dorje kendi thukpa'sını yarılamıştı.

Şaşıran adam kaşığını kâseye indirdi ve gözlerini kıza dikti. "Nefret...? Kutsal Dalai Lama bunu onaylamazdı. Tibetliler nefret etmez."

"Ben ediyorum!" diye tekrarladı Lhamo huysuzca. "Maya'dan nefret ediyorum! Neden Çin'in düşmanımız olduğunu hatırlayamıyor?"

"Zalim. Düşman değil," diye düzeltti Dorje.

"Onlara ne derseniz deyin!" diye haykırdı Lhamo öfkeyle. Yaşlıların pasifliği genci rahatsız etmeye başlamıştı. " 'Bizim davranış biçimimiz' bizi yetmiş yıldır ülkemizden mahrum bıraktı. Eğer biri baskı yaparsa, karşılık vermeliyiz." Dorje başını onaylamaz bir şekilde salladı

Aniden kalktı, mutfağa gitti ve kâsesini yıkadı. Ellerini bulaşık bezine silerek "Maya'nın kocaman bir burnu var. Ona patates burun diyeceğim." Dorje tepki veremeden kadın iç odalardan birinde kayboldu.

İki yıl önce, kızı kocasıyla birlikte Avustralya'ya gitmiş ve Lhamo'yu köklerine yakın tutmak için büyükbabasıyla bırakmıştı. Okulu bitirdikten sonra ailesine katılacaktı. Kızının Hindistan pasaportu almış olması Dorje'yi üzmüştü. Sürgündeki Tibet Hükümeti tarafından verilen Tibet'in gelecekteki pasaportuyla seyahat etmek çok karmaşıktı ve havaalanlarında bitmek bilmeyen gecikmelere neden oluyordu. Pek çok genç Tibetlinin kolay yolu seçtiğine hayıflanıyordu.

Pemo ilk birkaç ay boyunca yabancı bir ülkede, kendisine ne benzeyen ne de kendisi gibi konuşan insanlarla çevrili bir yabancı gibi hissetmişti. Her gün eve mektup yazıyor, dağlarındaki yaşamla tamamen zıt resimler gönderiyordu. Dorje daha önce hiç görmediği okyanusun büyüklüğü karşısında şaşkına dönmüş, yarı çıplak kadın ve erkeklerin sahilde dolaşmasından ürkmüştü. Ama Lhamo yüksek binaların, lüks alışveriş merkezlerinin, sinema salonlarının, dondurmacıların bulunduğu geniş caddelere hayranlıkla bakıyordu.

Birkaç ay sonra Pemo kot pantolon ve pembe çiçekli bir gömlek giymiş fotoğraflarını gönderdiğinde tamamen şok oldu. Renkli yünlerle örülmüş uzun saçları gitmişti. Her zaman giydiği yamalı önlüklü geleneksel eteği de gitmişti. Dorje kendi kızını zar zor tanıyabiliyordu, saçları şık bir şekilde kesilmiş, kızıl kahverengi renkteydi. Gözleri buğulanarak dizüstü bilgisayardan uzaklaştı ve bir daha Avustralya'dan aile görüntülerine bakmamaya yemin etti.

Ama Lhamo annesinin dönüşmekte olduğu modern kadından etkilenmişti. Babası iyi kazanıyordu, deniz manzaralı büyük bir daire almışlardı, lüks restoranlara gidiyorlar, egzotik yemekler tadıyorlardı. Okulu bitirip onlara katılmak için sabırsızlanıyordu. Bu arada, her zaman geçmişe takılıp kalan yaşlı dedesiyle yaşamak zorundaydı. "Geçmiş bitti! Geleceği düşün! Hayatımıza devam etmeliyiz," diye tartıştığında taş gibi bir sessizlikle karşılaşıyordu.

Dorje, Lhamo'nun şu anki öfkesine şaşırmamıştı. Her Tibetli, bazen Maya'nınki gibi şakacı ama çoğu zaman kötü niyetli küfürlere maruz kalırdı. Üniversitedeyken o da misilleme yapmak istemiş ama babası tarafından uyarılmıştı. "Biz Hindistan'da misafiriz. Ev sahiplerimize karşı saldırgan olmamalıyız."

Torunu bu mantığı başını sallayarak reddetti. "Ben burada doğdum; annem burada doğdu. Nasıl misafir olabiliriz ki!" diye karşılık verdi.

"Biz burada fazla kalmış misafirleriz. Hindistan bizi kovabilirdi."

"Bu onların adını kötüye çıkarır. Biz Hindistan için iyi bir PR'ız."

"Bir evimiz olduğu için minnettar olmalıyız. Bugün dünyanın dört bir yanındaki mültecilerin nasıl acı çektiğine bir bakın." Bu Lhamo'nun sessiz kalmasını sağladı.

Dorje mutfağı temizledikten sonra dışarı çıktı. Lhamo'nun 'nefret' kelimesini kullanmasından rahatsız olmuştu. Kutsal Dalai Lama'nın öğretilerine ters düşüyordu. Onun bu kelimeyi kullandığını daha önce hiç duymamıştı ve bir daha asla kullanmayacağını umuyordu. Ama elbette kullanabilirdi.

Güneş alçalmaya başlamış, dağın hemen üzerinde gezinerek kar tepelerine vadiyi ışıltılı bir manzaraya dönüştüren bir parlaklık hediye etmişti. Kırmızı çatılı evler sivri çamların arasına serpiştirilmişti. Yeşil gömlekli genç bir adam bisiklet pedallarını kararlılıkla yokuş yukarı itiyordu. Bavul yüklü eşekler arkada tökezliyordu. Akşam kokularının yokuş yukarı yayılması için henüz erkendi.

Çamurla birbirine yapıştırılmış düzensiz taşlardan oluşan duvarın önünde durdu, gün batımının sıcak ışıltısı koyu yeşil çamların güzelliğini yansıtıyordu. Kuşlara, sincaplara, karıncalara ev sahipliği yapan ağaçlar, çeşitli böcek türlerini çatışmadan destekliyor. Neden insanlar da farklılıkları kabul edip saygı gösteremesin? Ağaç sakinleri gibi yaşa ve yaşat, diye iç geçirdi.

Yavaşça içeriye, onu sakinleştirecek kaselere doğru yürüdü. Üzerinde boğa resmi olan büyük bir metal kâse seçti ve yanındaki küçük tahta tokmağı aldı. Tokmağı yavaşça kâsenin kenarı etrafında döndürmeye başladı. Önce yumuşak sesler yayıldı, Dorje'nin dönüşleri hızlandıkça kadanslar daha yüksek oktavlara yükseldi. Gözlerini kapadı ve melodik seslerin içine sızmasına izin verdi. Kısa süre sonra oda müzikal seslerle yankılanmaya başladı, titreşimler hava akımlarıyla tüm eve yayılıyordu. Dorje tempoyu bir süre daha sürdürdü, sonra dönme hareketi yavaşladı. Titreşimler hafifledi ve sonra uzaklaştı.

Bu, babasının yarım yüzyıl önce Tibet'ten getirdiği Şan Çanaklarından biriydi. Genç Dorje'ye şifa çanaklarının insan bedeninin yedi çakrasına hizalanmış yedi metalden yapıldığı söylenmişti. Babası, insan vücudunun yüzde yetmişinin su olduğunu açıklamıştı. Su farklı perdelerdeki ses titreşimlerini emdiği için bu titreşimler stresten, astımdan kurtulmayı sağlıyor, kan basıncını dengeliyor.

Dorje rahat koltuğuna yerleşti, lakayt bir şekilde televizyonu açtı. Lhamo elinde açık dizüstü bilgisayarıyla içeri girdiğinde hâlâ kanallar arasında geziniyordu. "Momo-la'dan gelen şu postaya bak," diyerek dizüstü bilgisayarı büyükbabasına uzattı.

Dedesi temkinli davranmaya başladı. "Başka bir fotoğraf mı?"

Lhamo başını salladı. "Yeni bir deneyim."

Pemo, etek ve bluz giymiş ama doğulu olduğu her halinden belli olan bir kadın küçük bir çocukla yanından geçerken balkonda durduğunu yazdı. Mahallelerinde Asyalıları hiç görmemişti. Bu kadar uzun zaman sonra bir Asyalı ile tanışmak güzel olmaz mıydı, diye heyecanla yazdı.

Bu Dorje'yi gülümsetti. Yüzlerce kilometre ötedeki kızı hâlâ köklerini özlüyordu. Kadın Taylandlı mıydı? Japonya'dan mı? Kamboçyalı mı? Pemo'nun kendi dillerini konuşabilmesi için kadının Tibetli olmasını umuyordu.

Bir hafta boyunca Doğulu kadından hiç söz edilmedi. Sonra, otobüsle şehir merkezine giderken, Doğulu kadın içeri girdi ve Pemo'nun yanındaki koltuğa oturdu. Gülümsediler, yabancı bir ülkedeki yurttaşlar gibi. Pemo kadına daha fazla yer açmak için hafifçe kaydı. "Merhaba," dedi.

"Ni hao" diye cevap verdi kadın, Pemo'ya bilmediği bir dilde hitap ederek.

"Nerelisiniz?" Pemo İngilizce sordu

"Çin," diye yanıtladı kadın. "Ya sen?"

Pemo dehşetle arkasını döndü. "Ben ülkenizin yetmiş yıldır işgal altında tuttuğu Tibet'ten geliyorum." dedi kadın sertçe.

Her iki kadın da kaskatı kesilmiş, pencereden dışarı bakıyor, sessizlik sadece trafik sesleri ve arkalarındaki bir adamın gırtlağını temizlemesiyle bozuluyordu. Bir sonraki otobüs durağı bir okulun karşısındaydı. Sırt çantalı çocuklar gevezelik ederek bindiler. Tiz seslerden oluşan bir kakofoni kulak zarlarına saldırdı.

Genç oğlanlar koridorun karşısındaki koltuğa oturdu, iki kişilik koltuğa üç kişi sıkışmıştı. Pemo onların sırıttıklarını ve doğulu kadınlara doğru el kol hareketleri yaptıklarını fark etti. Önce fısıldaştılar, sonra kıkırdamaya başladılar "Chin-chin" Pemo bir çocuğun elini ağzına götürerek kıkırdadığını duydu.

"Hayır, Ching-chong..." diye cevap verdi arkadaşı.

"Ching-ching, chong-chong."

"Hayır, çing-çong, çing-çong."

Şimdi iki kadın üzerindeki etkiden habersiz, açık açık kıkırdıyorlardı. Pemo ayağa kalktı. "Ben Tibetliyim, Çinli değil. Aradaki farkı bilmiyor musunuz?" dedi yüksek sesle İngilizce olarak. Çocuklar şaşırmış, birbirlerine alaycı bakışlar atarak kıkırdamalarını bastırmışlardı.

Çinli kadın da ayağa kalktı. "Çinli olmanın bir sakıncası var mı?" diye sordu.

Çocuklar şaşkına dönmüştü. "S-s-s-s-özür dilerim. Alınmayın" diye mırıldandı biri koltuğuna sinerek.

Arkalarındaki adam araya girdi. "Ne oluyor?"

"Bu çocuklar bana hakaret ediyor," dedi Lhamo.

"Ve bana," diye ekledi Çinli kadın.

"Biz birbirimizle konuşuyorduk, onlara hakaret etmiyorduk," diye karşılık verdi çocuklardan biri.

"İfade özgürlüğü. Burası Avustralya," diye parladı bir diğeri.

"İfade özgürlüğü insanlara hakaret edebileceğiniz anlamına gelmez," diye gerekçelendirdi adam.

"Biz hakaret etmedik. Aşırı tepki gösteriyorlar." Çocuklar ne dedi?" diye sordu adam Pemo'ya.

"Onlara sor."

"Ching-ching, chong-chong, ching-ching-chong-chong," diye taklit eden çocuklar yine kahkahalara boğuldular. "Bu bir hakaret mi!"

Adam gülmeye başladı. "Bir şarkıya benziyor. Bir şarkıdan mı rahatsız oldunuz hanımlar?"

Pemo ve Çinli kadın birbirlerine baktılar. Bu adam neden çocuklara göz yumuyordu? Bu ne duyarsızlık! Farkında değil miydi? Kültürel çatışma mı? Bu insanların ülkesindeydiler. Ne yapabilirlerdi ki?

"Kedi sesleri can yakıyor. Onlarla her yerde karşılaşıyoruz," dedi Pemo savunmacı bir tavırla.

"Çinliler de aynı sorunla karşı karşıya. Neden çekik gözlerimizden utanalım ki?"

Pemo vahşice ona döndü. "Gözlerimiz aynı. Ama ben Tibetliyim. Çin yetmiş yıldır ülkemi işgal altında tutuyor. Çinlilerle karıştırılmak çok acı verici."

"Yetmiş yıl!" Bir çocuk hayretle baktı. "Neden onları dışarı atmıyorsunuz?"

"Tibet barışsever küçük bir ülke. Çin'in güçlü bir ordusu var. Onlarla savaşamayız."

Çinli kadın utanmış görünüyordu. "Ben Çinliyim ama orduyla hiçbir ilgim yok. Ben ailem için iyi bir yaşam isteyen bir ev kadınıyım."

Çocuklar sessizliğe bürünmüş, sözde zararsız şakalaşmalarının aldığı hal karşısında şaşırmışlardı. Adam dikkatle yüzlerine baktı. "Gazete okumalı, güncel olaylardan haberdar olmalısınız," dedi onlara sertçe. "Bu hanımları gücendirdiğiniz için özür dileyin."

Çocuklar rahatsız bir şekilde ayaklarını sürüyerek yürüdüler, sonra içlerinden biri kimsenin duyamayacağı kadar alçak sesle "Özür dilerim" diye mırıldandı. Bir diğeri homurdanarak şöyle dedi. "Güle güle. Burası benim otobüs durağım."

Adam sinirlenmiş görünüyordu. Pemo ve Çinli kadın onu görmezden gelerek oturdular.

"Ülkemiz sizinkiler tarafından işgal edildiği için vatansız kaldık," diye iç geçirdi Pemo. "Her yerde hakarete uğruyoruz."

Çinli kadın başını salladı. "Onlar 'sarı derililer' diyorlar. Biz bundan hoşlanmıyoruz."
Tekrar bir sessizlik perdesi indi. Otobüs okaliptüs ağaçlarından oluşan bir korunun yanından geçerken koridorda oturan Pemo, Çinli kadının tırnaklarının kendi tırnaklarıyla aynı tonda pembeye boyanmış olduğunu fark etti. Her ikisi de Batılı kıyafetler giymişti

- Pemo kot pantolon ve tişört, Çinli kadın ise siyah pantolon ve mavi gömlek giymişti. Çinli kadın aniden "Erişte pişiriyor musunuz?" diye sordu.

"Evet, tabii ki" diye yanıtladı Pemo.

"Çin eriştesini nereden alıyorsunuz? Bir türlü bulamadım."

"Şehir merkezinde ithal ürünler satan bir mağaza var. Hint baharatları alıyorum. Çin malları da var. Benimle gel."

Dizüstü bilgisayarı Lhamo'ya geri verirken Dorje'nin kafası karışmıştı. Kızının bir Çinliyle arkadaş olması...! Yutması zordu. Ama yanlış mıydı? Yabancı bir ülkede iki Asyalı. İkisi de noodle'a burgardan daha aşinaydı. İkisi de ching-chong ilahilerine karşı savunmasız. İkisinin de gezegenin tanıdık bir yerinden bir arkadaşa ihtiyacı olabilirdi. Politika onları ayrı mı tutmalı?

O gece Dorje bahçede yürüyüşe çıktığında yıldızlar her zamankinden daha parlak görünüyordu. Ayın kar tepelerini maviye boyadığı soğuk ve bulutsuz bir geceydi. İnce bir sis tabakası aşağıdaki evlerin dış hatlarını bulanıklaştırıyordu. Lhamo yatmaya gitmişti. Penceresinden hâlâ loş bir ışık parlıyordu.

Düşünceler Dorje'nin kafasında karanlıkta sivrisinekler gibi uçuşuyordu. Kutsal Dalai Lama sorunları çözmenin tek yolunun diyalog olduğunu savunuyordu. Arkadaşlıklar diyalog için alan yaratır. Kutsal Dalai Lama'nın öğretileri diğer varlıkları sevmek üzerineydi ama sizi vatanınızdan sürmüş olanları sevebilir misiniz? Kültürünüzü yok edenleri? Atalarımızın çektiği acıları unutmalı mıyız? Gece yarısından sonra soğuk iliklerine kadar işlediğinde uykusuz bir yatağa çekildi.

Ertesi sabah Lhamo erkenden kalktı. Dorje için tereyağlı çay yapmış ve Dorje'nin bitkilerini suladığı sebze tarlasına götürmüştü. Bir ağacın kütüğüne yaslanarak büyükbabasına sordu: "Maya'yı okul konserimize davet edeyim mi? Ne kadar iyi dans ettiğimizi görsün mü?"

Onun değişen ruh hali Dorje'yi gülümsetti. "Ona patates burun demekten çok daha iyi!"

Lhamo kıkırdadı. "Eğer momo-la bir Çinli ile arkadaş olabiliyorsa ben de yaramaz bir Hintli kızla arkadaş olabilirim, değil mi?

Dorje'nin gülümsemesi genişledi ve kıza sarıldı. "Eğer arkadaş olursanız, ching-chong demeyi bırakacaktır."

Kız yokuş aşağı koştu.

Savaştan Sonra

"**D**emek Mostar'ın meşhur Stari Köprüsü bu,**"** diye düşündü Andrew, ellerini on altıncı yüzyıldan kalma taş korkuluklara dayamış, aşağıdan akan nehre bakarken. Akıntının pürüzlü hatlara ayırdığı silueti ona bakıyordu.

Köprünün tepesinde tek başınaydı. Sol kıyıda bir grup turist uzun boylu, zayıf bir adamla tartışıyordu. Adam başını olumsuz anlamda sallıyordu. Andrew'u görünce aniden onlardan ayrıldı ve ona doğru yürüdü.

"Dalış için on sekiz avro veriyorlar. Benim fiyatım yirmi beş. Sen ne kadar vereceksin?"

Andrew Bosna'da iki yüz yılı aşkın süredir devam eden bu gelenek hakkında bir şeyler okumuştu. Profesyonel dalgıçlar yirmi üç metre yükseklikten, sıcaklığı yıl boyunca yedi derecede kalan buz gibi suya dalarlardı. Sadece profesyonel dalgıçlar bu dalışı bir meydan okuma olarak kabul ederdi. Amatörler kalp krizi riskiyle karşı karşıyaydı.

"Beş avro katkıda bulunabilirim," dedi daha az teklif etme isteğini bir kenara iterek. Bu dalgıçların onun verebileceği paraya ihtiyacı vardı. Dalgıç itiraz etmedi. Turist grubundan parayı topladı ve bakiye için Andrew'a döndü. Sonra da jokey şortunu çıkarıp korkuluklara tırmandı. Turistler köprüden yukarı koştu.

Gözlerini göğe kaldıran dalgıç, ellerini masmavi gökyüzüne karşı paralel noktalar halinde kaldırdı. Önce turist grubuna, sonra Andrew'a baktı, derin bir nefes aldı ve buz gibi suya dalmadan önce bir takla atarak havaya yükseldi. Zarafeti bir Olimpiyat madalyası sahibiyle yarışabilirdi. Turistler alkışladı. Andrew da katıldı. Dalgıç soluk soluğa ve baş parmağıyla onay işareti yaparak çıkarken nehir yüzeyi sayısız su sıçramasına ayrıldı.

Andrew onun nehir kıyısına kadar yüzmesini, kurulanıp elbiselerini bıraktığı köprüye doğru yürümesini izledi. "Adın ne senin?" diye sordu.

"Enes"

"Ne zamandır bu işi yapıyorsun?"

"Altı yıldır."

"Her gün kaç dalış yapıyorsun?"

"İki-üç. Daha fazlasına izin yok. Kalp için kötü."

"Yeterince kazanıyor musun?"

Enas hüzünle gülümsedi. "Çocuğum olana kadar yeter. Sonra...."

"Evli misin?"

Enes başını salladı. "Karım hamile."

"Peki sonra...?" Enes omuz silkti. "Fotoğrafınızı çekebilir miyim?"

Enes avucunu uzatarak para istedi. Andrew başıyla onayladı. "İlk dalıştan iki-üç saat sonra dalışa izin verilmiyor. Bekleyebilir misin?"

Andrew başını hüzünle salladı. "Başka bir görevim var. Giyinmeden önce Eski Köprü'nün korkuluklarında dururken bir fotoğrafınızı çekebilir miyim?"

"Elbette," diye sırıttı Enes.

Andrew'un kıdemli muhabiri olduğu London Post gazetesinin Pazar eki için bir hikâyesi vardı. Hafta sonu okuyucularının beğeneceği türden bir hikâyeydi. Artık asıl görevine odaklanabilirdi.

Sırt çantasını alarak kafeler ve turistik eşyalarla kaplı Arnavut kaldırımlı caddede yürüdü. Nehrin her iki yakası da geleneksel kırmızı çatılı evlerle çevriliydi. Saat daha 10.20'ydi. Keenan'la 11'de buluşması gerekiyordu. Nehir kıyısında durgun adımlarla yürüyor, çekici ıvır zıvırların sergilendiği dükkânlara bakıyordu. Oyuncak bir askeri tank gözüne çarptı. Sonra bir savaş uçağı. Yeğeni bunları görünce çok sevinecekti. Dükkâna girdi.

Satıcı kız iki parçayı da cam kafesten çıkardı. Andrew yakından incelediğinde bunların boş mermi kovanlarından yapıldığını fark etti. Omurgasından aşağı bir ürperti geçti. Birini öldüren bir merminin kalıntıları bir çocuk oyuncağına dönüşmüştü! Onları hayal kırıklığına uğramış satıcı kıza geri verdi.

Yoksulluk ve savaş, yaratıcılığın eşsiz biçimlerini ortaya çıkarıyor, diye düşündü. Az önce ailesini doyurmak için hayatını tehlikeye atan bir adam görmüştü. Ve mayınlı olabilecek tarlaları karıştıran, atılmış mermi kovanlarını arayan birinin yaratıcı çalışmasıyla karşı karşıyaydı.

Yerel meslektaşıyla buluşacağı kafeye yaklaştı. Andrew araştırmacı bir gazeteci olarak London Post gazetesinde mali dolandırıcılıkları ortaya çıkararak ün kazanmıştı. Geçen hafta editörü ona alışılmadık bir görev vererek Andrew'a kara mayını patlamalarıyla ilgili bir belge verdi. Bosna'daki sorunu araştıracaktı.

Rapor, Bosna'da 1992-95 yılları arasında yaşanan iç savaşın uzun vadeli etkilerini kapsıyordu. Savaş yirmi yıldan uzun bir süre önce sona ermiş olmasına rağmen, geniş araziler hala patlamamış kara mayınlarıyla doluydu. Yıllar sonra doğan çocuklar tarlada oynarken mayına bastıklarında sakat kalıyor ya da ölüyorlardı.

Korkunç bir fotoğraf, patlamalar nedeniyle sakat kalan üç çocuğu gösteriyordu. Bir kız çocuğunun koltuk değneği, bir erkek çocuğunun protez bacağı vardı, sonuncusu ise iki bacağı da kesilmiş bir cüceye dönüşmüştü. Andrew bunun poz verilmiş bir fotoğraf olduğunu bilmesine rağmen çocukların gözlerindeki perili bakış kalbine dokundu.

Bu görev tamamen onun ritminin dışındaydı. Mali kayıtları taramaya, yetkililerle görüşmeye, dolandırıcıların saklamak istedikleri gerçekleri ortaya çıkarmaya alışkındı. Birden fazla kez kendisine soruşturmayı durdurması ve bulgular hakkında sessiz kalması için 'teşvikler' teklif edilmişti. Bu özel rapor onu farklı bir yörüngeye soktu. Bosna'nın yanı sıra dünyanın dört bir yanındaki düzinelerce ülkeyi etkileyen savaş suçlarını araştırdı.

Londra'da Bosna hakkında pek fazla şey bilen yoktu. Meslektaşlarının hiçbiri, arka plan araştırması sırasında tesadüfen karşılaştığı Stari köprüsünden atlayanları duymamıştı. Bosna'nın etnik çeşitliliğe sahip bir nüfusu olduğunu biliyorlardı ve doksanlı yılların başında Basklar, Sırplar ve Hırvatlar arasında yaşanan korkunç etnik temizlik savaşlarını duymuşlardı. Yirmi ikinci yüzyılda Bosna artık haberlerde yer almıyordu.

Bir Saraybosna gazetesinin muhabiri olan Keenan'la buluşacağı kafeye yaklaşırken broşürü zihninde tazeliyordu. Yerel gazeteci onu, ortağı Ana'yla brendi soslu kahve içtikleri masaya doğru yönlendirdi. Önemsiz şeylerle vakit kaybetmediler.

"Ana, kara mayını kurbanlarının rehabilitasyonu için bir STK'da çalışıyor. Sizin için birkaç röportaj ayarladı," dedi Keenan.

Andrew parlak mavi gözlü güzel sarışına döndü. "Yakın zamanda bir olay oldu mu?"

"Geçen hafta on yaşında bir çocuk mayına bastı. Annesi ona doğru koştu ve o da yaralandı. Annesi birkaç gün önce hastaneden taburcu edildi. Doktorlar çocuğun bacaklarını kurtarmaya çalışıyor."

"Tehlikeyi atlattı mı?"

"Yaşayacak. Ama muhtemelen bacaklarını kaybedecek."

"İkisini de mi?"

Ana başını salladı. "Annesi evde. Kalçasındaki şarapnel derinlere saplanmamış."

"Hadi annesiyle tanışalım," dedi. Bu onun insan travmasıyla ilk yüz yüze karşılaşması olacaktı. Ampute olabilecek bir çocukla tanışmadan önce kendini hazırlaması için zamana ihtiyacı vardı.

"Şehrin beş mil dışında yaşıyor. Ama bugün bir arabamız var."

Ana sürücü koltuğuna oturdu, Keenan onun yanında, Andrew da arkada. Başka bir dalgıçla pazarlık yapan yeni bir grup insanın bulunduğu Stari Köprüsü'nün yanından geçtiler. Kısa süre sonra Mostar şehrini terk etmişler ve çorak topraklarda başıboş dolaşan sığırların olduğu mısır ve buğday tarlalarının yanından geçiyorlardı.

"Kazanın meydana geldiği yer burası," diye bilgi verdi Ana. "Fikret ve annesinin geldiği köy tarlanın doğu tarafında. Ormandan yakacak odun topluyorlar. Tarlayı boydan boya kesmek her yolculuğu kısaltıyor. Fikret yanlışlıkla otlarla kaplı mayına basmış"

"İnsanlar arazinin tehlikeli olduğu konusunda uyarılmadı mı?"

"Savaşlar sırasında mayınlar genellikle düşmanın ilerlemesini engellemek için sıra sıra döşenir. Bu bölge hiçbir zaman savaş alanının bir parçası olmadı, bu yüzden kimse mayın döşenmiş olabileceğini düşünmedi. Mayın geçen yılki sel felaketi sırasında bir yerden akmış olmalı."

Arabayı sessizce sürdüler, kafatası ve haç kemiklerinin tehlikeye karşı uyarıda bulunduğu yemyeşil korunun yanından geçtiler. Keenan, "Bu ormanda üç mayın patlatıldı," diye bilgi verdi. "Daha fazlası da olabilir. İnsanlara bu işareti gördüklerinde uzak durmaları öğretiliyor."

Sonunda bir grup köhne evin önüne geldiler. Anna üçüncü evde durdu, mavi boyası soyulmuştu ve kırık bir pencere yoksulluğa işaret ediyordu. Kapı kilitlenmeden bırakılmıştı. Fikret'in annesi eski ahşap bir sallanan sandalyede oturuyordu, bacaklarını hafif bir şal örtüyordu. Yalnızdı. Güzel bir kadın olmalıydı, diye düşündü Andrew, ama bitkin yüzünde artık umudu olmayan bir hayatta kalanın teslimiyeti vardı. Onlar içeri girince başını kaldırıp baktı, sonra tekrar depresyona girdi.

Keenan ona Andrew'un gazeteci olduğunu ve önde gelen bir İngiliz gazetesi için kara mayını trajedileri hakkında haber yaptığını söyledi. Kadın hiç ilgilenmedi.

"Geçen yıl Lejla öldürüldüğünde insanlar geldi, annesiyle konuştu. Hiçbir şey değişmedi. Şimdi de benim Fikret'im."

"Fikret tehlikeyi atlattı," dedi Ana teselli ederek.

"Ama bacaklarını kaybedecek. Bacakları olmadan nasıl yiyecek bulacak?"

"Devlet ona protez bacak verecek."

Firket'in annesi teselli olmamıştı. Andrew'a döndü. "Ne istiyorsun?"

Andrew telefonunu çıkardı, kayıt düğmesine bastı ve sorular sormaya başladı. Nereye gidiyordun? Ne yapıyordunuz? Bu nasıl oldu? Seni kim kurtardı? Ne tür bir desteğe ihtiyacın var?

Cansız bir sesle cevap verdi ama son soruda gözleri parladı. "Yemek dersem verirsiniz. Para dersem vereceksiniz. Çok yiyeceği ve parası olan insanlar için vermek kolaydır. Ama ben güvenlik istiyorum. Verebilir misiniz? Yirmi yıldır barış var ama güvenlik yok. Güvenlik olmadan barış, barış değildir."

Andrew duygulanmıştı. Dolandırıcılığını ortaya çıkardığı hiçbir işadamı bu kadın gibi yürekten konuşmamıştı. Onunla göz göze gelemeden kaydı kapattı.

"Ülkemiz şu anda huzur içinde. Güvenlik gelecek." Keenan şöyle diyordu. "Mayın temizleyiciler tehlikeli bölgeleri temizler. Bazen onlar da yaralanıyor. Umudunuzu kaybetmeyin. Yarın güneş yeni bir güne doğacak."

"Gizli mayınların yerini tespit etmek için kızıl ötesi kameralı dronlar icat edildi," diye ekledi Andrew, Keenan'ı en son teknolojik buluş hakkında bilgilendirirken. "Yakında Bosna'da kullanıma sunulacaklar."

Andrew, ailesi çoktan parçalanmış olan yaralı kadının gözlerindeki kadere teslimiyet ifadesinden rahatsız olarak, insansız hava araçlarının bu yaralı kadın için hiçbir fark yaratmayacağını düşündü. Bu, kişisel trajedi yaşamış biriyle yaptığı ilk röportajdı. Bu anne onun daha önce hiç görmediği bir yaşam kesitini temsil ediyordu.

Ana arabaya dönmek yerine onu yolun karşısına, Fikret'inki kadar harap bir başka eve doğru götürdü.

On dört yaşındaki Lejla, içinde seyahat ettiği otobüs patladığında başka bir köydeki büyükannesine taze pişmiş kek götürüyordu. Lejla olay yerinde ölmüştü. On sekiz ay sonra babası hâlâ öfke doluydu. "Bir çocuk kendi ülkesinde güvenle seyahat edemiyorsa, nasıl bir hayatımız var!" diye söyleniyordu. "Annem Lejla'dan üç gün sonra şoktan öldü. Karım bir yıldır kek yapmadı. Yaşıyormuş gibi yapıyoruz ama kalbimizde ölüyüz."

Ana, dinleyicisi olduğu sürece atıp tutmaya devam edeceğini bildiği için Andrew'u perişan haldeki adamın yanından uzaklaştırdı. Arabayı hızla sürerek onu, çiçekli bir elbise giymiş orta yaşlı bir kadın olan Amelia'nın onları beklediği başka bir köye götürdü. Bir koltuk değneğine yaslanarak onları, içinde bir çaydanlığın kaynamakta olduğu temiz bir salonda karşıladı. Yürek burkan iki görüşmeden sonra Andrew sıcak çay için minnettardı, çay boğazından geçerek midesine doğru yol alıyordu.

"Kazanın üzerinden neredeyse iki yıl geçti ama hâlâ sol bacağımda şiddetli ağrılar var. Gördüğünüz gibi bacak yok ama ağrı var" dedi şaşkınlık içindeki Andrew'a. "Doktorlar buna 'hayalet ağrı' diyor. Bunun nedeni beyinde bacağı kontrol eden merkezin hâlâ canlı olması ve hissedebilmesi."

Andrew yeterince şey duymuştu. Travma anlatılarına bir ara vermeye ihtiyacı vardı. Arabayla, kayın ve meşe ağaçlarıyla bezeli kırsal alanın muhteşem manzarasını sunan bir tepeye gittiler. Hiçbir kafatası ve haç kemiği uyarı işareti görünmüyordu ama yemyeşil çimenler, ancak iki inç yüksekliğinde bir cihazı gizleyebilecek kadar uzundu. Keenan bölgenin güvenli olduğuna dair güvence verse de Andrew temkinliydi. Bir kayanın üzerine tünedi ve doğal güzellikleri seyre daldı.

Duygusal karmaşayı bastırmak için istatistiklere sığınmayı denedi. Rakamlar yaşanmış deneyimin acısını hafifletecekti. Kara mayınlarının dünya genelinde yarım milyon sivilin ölümüne yol açtığına dair raporu hatırladı. Her kıtada kurbanlar vardı, Afrika otuz milyon ile en büyük sayıya sahipti ve Angola 88,000 kişinin kara mayını yaralanmalarıyla yaşadığını bildiriyordu. Mısır, Kamboçya, Suriye, Afganistan.... Etkilenen ülkelerin listesi şaşırtıcıydı. Her patlama sağlıklı insanları sakat bırakıyor, aileleri keder içinde bırakıyor, tıbbi talepler yüzünden yoksullaşmalarına neden oluyordu. İstatistikler Andrew'u çaresiz hissettiriyordu.

Aniden kayanın üzerinden kalktı. Artık zaman kaybetmek yoktu. Görevini tamamlamak zorundaydı. "Hadi hastaneye gidip çocuğu görelim." diye seslendi Keenan'a.

Hastaneye girdiklerinde kolalı beyaz üniformalı bir hemşire Keenan'ı tanıdı. "Ameliyat yapıldı. Her iki bacağındaki kemikler paramparça olmuş. Diz altı ampütasyon kaçınılmazdı. Çocuk yoğun bakımda."

"Bu beyefendi Londra'dan bir gazeteci," dedi Keenan Andrew'u takdim ederken. "Kara mayınlarının yol açtığı hasarla ilgili önemli bir rapor hazırlıyor. Fikret'i görebilir mi?"

"Kesinlikle olmaz! Çocuğun dinlenmeye ihtiyacı var!"

"Sadece birkaç dakika," diye yalvardı Keenan. "Dünyanın savaşın uzun vadeli etkilerini görmesini sağlamak önemli. İnsanların hâlâ nasıl acı çektiğini bilsinler."

"Bu durumda bir yabancıyla karşılaşmak Fikret'in hayati fonksiyonlarını etkileyebilir."

Andrew başka bir yol denedi. "Lütfen sessizce içeri girmeme ve birkaç fotoğraf çekmeme izin verin. Çocuğu rahatsız etmeyeceğim."

Şok geçiren hemşire önce Andrew'a, sonra da Keenan'a ters ters baktı. "Burası bir hastane. Hastalar sergilenmez! Fotoğraf çekmek yasak!" Onlara sırtını döndü ve yürüdü gitti.

Andrew dehşete düşmüştü. Fotoğrafsız bir haberin okuyucu sayısı daha az olacaktı. Dalgıçlar hakkındaki makalesi, önemli kara mayını hikâyesinden daha fazla okuyucu bulacaktı. Etki yaratmak için bir fotoğrafa ihtiyacı vardı.

Umutsuzca hastaneden çıktı, Keenan ve Ana da onu takip ediyordu. "Patlamanın olduğu yeri gösterebilirsin," diye önerdi Ana.

"Boş bir alan hiçbir şey çağrıştırmaz."

"Peki ya kara mayını görüntüleri?"

Andrew ilgilenmiş görünüyordu. "Nerede görebiliriz?"

"Patlamış mayınlar hurdalıklara atılır. Sizi oraya götürebiliriz."

Hurdalık hastaneden çok uzakta değildi. Bükülmüş metal çubuklar, tahta, teneke levhalar, üç ayaklı bir sandalye ve bir köşede bir zamanlar kara mayını olan diz boyu yuvarlak disklerden oluşan bir yığın.

"Ne kadar çok kara mayını var," diye haykırdı Andrew. "Bir zamanlar tehlikeliydi, şimdi sadece hurda." Dramatik etki yaratmak için fotoğrafları düşük açıdan çekmiş. Fotoğraflar tek başlarına bir duygu uyandırmıyordu. Sonra aklına bir fikir geldi. Kara mayınlarının üzerine yerleştirilmiş kafatası ve haç kemikleri posteri ilgi çekecekti. "Hadi ormana geri dönelim. O posteri çekmek istiyorum."

Londra'ya uçacağı Saraybosna'ya giden trende düşünceli bir ruh hali içindeydi. İşinde çok titizdi. İfşaatları ona şöhret getirmişti ama mali dolandırıcılar nadiren suçlarının bedelini öderlerdi. Kibirli, agresif, tartışmacı, blöf yaparak beladan kurtulmak için bahaneler bulan kişilerdi. Tutuklandıklarında, avukatları cezalarını iptal ettirirken ya da indirirken hapishanede ayrıcalıklardan yararlandılar. Birkaç yıl içinde işlerine geri dönüyorlardı. Az önce tanıştığı, hayatlarının mahvolması için hiçbir şey yapmamış insanlarla onları karşılaştırmak gözlerini açtı.

Yönünü değiştirmeli miydi? Fikret ve annesi gibi sıradan insanların hayatlarını etkileme potansiyeli olan konular üzerinde mi çalışmalıydı? Lejla'nın ailesi gibi mi? Amelia gibi mi? Dünyanın savaşların geride bıraktığı travmaları bilmesi gerekiyor. Hükümetler orduları savaştan çekince savaşlar bitmiyor. Andrew yeteneklerini farklı bir alanda etkili bir şekilde kullanabilir miydi?

Tren Saraybosna istasyonunda durduğunda kararını vermişti. Gelişim gazeteciliğine geçecekti. Daha az cazibeli ama daha ilgili bir işti. Düşüncesizce editörünü aradı. "Efendim, Kamboçya'ya uçup orada kara mayınlarının yol açtığı hasarı araştırabilir miyim?"

Vicdan

Alnından kafatasına kadar uzanan çapraz kesik kurumuş kanla kaplanmıştı. Başının etrafındaki kaldırım koyu kırmızıya boyanmıştı. Kadının giysileri parçalanmış, ayakkabıları bir kenara atılmış, yüzü duvara dönük, gözleri yarı açıktı. "Yardım edin," diye zayıf bir ses geldi. "lütfen he-lp...." Griler daha derin grilere dönüştü. Koyu gözler büyüdü, sonra daha da büyüdü ve daha da büyüdü....

Jimi bütün vücudu titreyerek yatakta doğruldu. Yine o rüya! Hiç gitmeyecek miydi! Huzur içinde uyumasına asla izin vermeyecekti!

Dudakları titreyerek başucundaki ışığı açtı. Her şey normaldi. Anita çift kişilik yatağın kendi tarafında uyuyordu. Ayesha beşiğinde parmağını emiyordu. Saat ikide beslenmesi için henüz zamanı gelmemişti. Telefonunu alıp salona doğru ilerlerken kendi kendine, "Kafamın içi hariç her şey normal," dedi.

Hizmetçi Maggie yerdeki vantilatörün altında cenin pozisyonunda kıvrılmıştı. Telefonunun ışığını kullanarak sessizce yanından geçti, mutfağa girdi ve ışığı açmadan önce kapıyı kapattı. Uyanık kalmak için kahveye ihtiyacı vardı. Tekrar uyumaktan çok korkuyordu.

Sert bir kahveyle güçlendirilmiş olarak yatak odasına döndü. Anita usulca horluyordu. Başparmağı hâlâ bebeğin ağzındaydı. İşaret parmağıyla yanağını okşadı. Bezi ıslaktı. Yeni bir bez aldı, onu kaldırdı, altını değiştirdi, kirli bezi deterjanlı kovaya attı. Kız mutluluk içinde uyumaya devam etti.

Anita öğrendiğinde onun hakkında ne düşünecekti? Yaptığı göz ardı edilebilir miydi? Affedilebilir miydi? Kendini affedemezken ailesinin onu affetmesini nasıl bekleyebilirdi?

Ne görüntü ama! Rüyalarında tekrar tekrar ortaya çıkıyordu.

Park yeri aramak için mahallenin etrafında dolaşıyordu. Mahalledeki tek ATM'den para çekmesi gerekiyordu, uzaklaşan bir araba görmeden önce bölgeyi iki kez turladı. Park yerine doğru kayarak kısa bir mesafe ötedeki ATM'ye doğru yürüdü. Geri dönerken yolda yaralı bir kadın gördü.

Birisi onu yaralamış ve kaçmış olmalıydı. Etrafta kimse yoktu ama çok uzaktaki isyan seslerini duyabiliyordu. İsyanlar üç gün boyunca şehri sarmıştı. Dükkânlar yağmalanmış, ateşe verilmişti. Korkuluklar ezilerek heykelsi şekillere dönüştürülmüştü. Cam parçaları ve kırık tuğlalar sokaklara saçılmıştı. Güvenlik yabancı bir sözcük haline gelmişti.

Birisi onu ATM'den çıkarken görmüş olabilir. Para dolu olduğunu biliyorlardı. Bir sonraki hedefleri o olabilirdi. İşini şansa bırakmak istemeyerek arabaya bindi ve yola koyuldu. Kontağı çevirdiğinde farları hırpalanmış kadının üzerine düştü. Kocaman açılmış gözler ona bakıyordu. Suçlayıcı bir şekilde.

O gözleri unutamıyordu. Rüya üstüne rüya görerek onu suçlamaya devam ettiler.

Ertesi sabah kadının öldüğünü öğrenince şok oldu. Neden o kadının önünden başka park yeri bulamamıştı? Kadın neden ondan yardım istemişti? Neden etrafta başka kimse yoktu? Müdahalesi onu kurtarabilir miydi? En azından bir ambulans çağırması gerekmez miydi?

Bunlar zor zamanlardı. Yıllardır dost olan komşular birbirleriyle konuşmayı bıraktı. Çocukların birbirleriyle oynamasını engellediler. Önemsiz şeyler yüzünden hararetli tartışmalara girdiler. Şiddete varan tartışmalar. Sorumlulukları olan genç bir babaydı. Kimseyi yabancılaştırmak istemiyordu. Risk almayı göze alamazdı.

O kadın. Masum bir kurban. Gözlerindeki korku kendi korkularıyla örtüşüyordu. Beş ay sonra bile suçlayan gözler onu bağışlamayacaktı.

Umutsuzca uyumaya ihtiyacı vardı. Sabah zor bir ameliyatı vardı. Uykusuz geceler ameliyatı güvensiz kılardı. Geçen hafta ilk kesiyi atarken elleri titriyordu. Kadının yarasındaki kan tabakası gözünün önünden geçerek görüşünü bulanıklaştırdı. Kendisi nezaret ederken asistanının işi devralmasına izin vermek zorunda kalmıştı. Bunu tekrar yapamazdı.

Kahveye dokunmadan beşiğin üzerine eğildi. Yetişkin Ayesha, yaşlı ve yaralı bir kadına yardım etmeyen bir doktor baba hakkında ne düşünürdü? Kendisi bir korkakken onun cesur yetişmesini bekleyebilir miydi?

"Gecenin bir yarısı kimi arıyordun?" diye sordu Anita'nın sesi.

Arkasını döndü. "Uyanık mısın?"

"Birkaç günde bir telefonla dışarı çıktığını görüyorum. Kimi arıyorsun? Estelle'i mi?"

Bir gümbürtüyle yatağın kendi tarafına geçti. "Sabahın ikisinde Estelle'i neden arayayım ki!"

"O senin kız arkadaşındı. Yoksa 'öyle' mi demeliydim?"

"Eski kız arkadaşım. Onu yıllardır görmedim. Arzum da yok. Sadece kendime kahve yapıyordum. Çünkü....çünkü uyuyamıyorum."

Anita'ya ona musallat olan rüyadan bahsetmeli miydi? Yaralı kadından neden daha önce bahsetmemişti? Şimdi ona inanacak mıydı?

Neyse ki Ayesha inledi. Beslenme zamanı gelmişti. Anita onu kucağına aldı ve omzunda nazikçe salladı. Bebeği yataklarına getirerek uzandı ve meme ucunu bebeğin ağzına soktu.

Gözleri Anita'nın geceliğinden kaymış olan diğer göğsüne takıldı. Bir ereksiyon ortaya çıktı. Bebeğin karnı doyup beşiğe dönene kadar bekledi. Sonra karısını kendine çekti. "Sadece seni seviyorum sevgilim. Başka kimseyi değil," diye mırıldandı, hafifçe kalçasını okşayarak.

Kıpırdandı, cevap verecek durumda değildi. "Bana doğruyu söyle. Kimi arıyordun?"

"Kimseyi sevgilim, söz veriyorum."

Geri çekildi. "Her gece telefonunu alıp odadan kaçıyorsun. Ve kimseyi aramadığına inanmamı bekliyorsun!"

Sarsıla sarsıla uzaklaştı. Ölmekte olan bu kadın evliliğine zarar vermişti.

Kız Çocuklarının Eğitimi

Fincan tabağa çarparak Gülnaz'ın kalçasına sıcak kahve döküldü. Gözlerini kırpıştırdı; gözleri televizyon ekranında donup kalmıştı. Her gün korkunç görüntüler ortaya çıkıyordu. Burada bir savaş, orada silahlı çatışmalar. Ama burası onun mahallesiydi. Arka planda kendi okulu vardı. Ve...ve.... işte Zohra bir polis minibüsüne sürükleniyordu! Zohra!

Fincan tabağını yan masaya indirerek spikerin söylediklerine odaklanmaya çalıştı ve sözlerinin bir kısmını yakaladı. 'Utanmaz kızlar. Başörtüsü sallıyorlar. Sokakta dans ediyorlar. İslam'a aykırı. Gülnaz televizyonu kapattı. Onun küfürlerini duymak istemiyordu.

Gülnaz Cemşidi Lisesi'nin müdürüydü; uzun boylu, dolgun bir kadındı ve öğrencilerinin ona sevgiyle 'savaş tankı' demesine neden olan buyurgan bir sesi vardı. Bir an bir ordu generali gibi böğürebilir, bir an sonra kalemini kaybeden bir çocuğu teselli edebilirdi. Zohra onun en umut vaat eden öğrencisiydi. Gülnaz onu serbest bırakmak için bir şey yapabilir miydi?

Zehra sınıfındaki en zeki kızdı. Heyecanlı, sorgulayıcı. Mahsa Amini'nin ölümüne karşı düzenlenen protestoya katılması kaçınılmazdı. Gülnaz'ın kalbi protestocularla birlikte olmasına rağmen o katılmadı. O yaşlı bir vatandaştı. Okul müdürü olarak bir pozisyonu vardı.

Yetkilileri yabancılaştıramazdı. Bunlar İran'da tehlikeli zamanlardı. Protesto Zohra'nın tutuklanmasına neden oldu. Dayak yiyebilir, işkence görebilirdi.

Sorumlusu Gülnaz mıydı? Zehra, okuldan sonra onunla buluşup televizyon haberlerinden güncel olayları tartışan seçkin bir grup kız arasındaydı. Gülnaz onların zihinlerini geliştirmekten, adaletsizliği sorgulamaları için onları kışkırtmaktan gurur duyuyordu. Protestolara katılmaları bu oturumların bir sonucuydu. Gurur mu duymalıydı yoksa sorumluluk mu? Öncelikle endişe duyuyordu.

Zihninde iletişim listesindeki kişileri işaretlerken kıdemli bir polis memuru olan Asfandiar'ı hatırladı. Her yıl Atesh Kadeh'te Zerdüştler için düzenlenen Navroze gumbharlarında onunla sık sık sohbet ederdi. Kızı okulda altıncı sınıfa gidiyordu. Yardım edebilir miydi?

Numarasını tuşlayarak durumu hızlıca açıkladı. "Okulumuzun en gelecek vaat eden öğrencisi Zohra tutuklandı. Daha on yedi yaşında. Onu kurtarmak için ne yapabiliriz?"

"Bu kızlar neden kanunları kendi ellerine alıyorlar!" diye bağırdı Asfandiar. "Ülkenin kanunlarına saygı duymalılar."

"Polemiğe girmeyelim," diye tersledi Gülnaz. "Kime rüşvet vermemiz gerekiyor? Ne kadar?"

Asfandiar onun açık sözlüğü karşısında şaşkına dönmüştü. "Birçok avucun yağlanması gerekecek," dedi yavaşça.

"Ne kadar?"

Astronomik bir miktardan söz etti.

"Onu ne kadar çabuk çıkarabilirsin?"

Asfandiar inanamıyordu. "Ailesiyle konuştun mu? Ödemeye güçleri yeter mi?"

"Parayı bulacaksın. Sadece onu hemen çıkar. Güvenle." Otoriter müdire ses tonuyla konuşuyordu.

Onu kandıramayacaktı. "Önce para. Yüzde ellisi şimdi. Yüzde ellisi teslimatta."

"Eğer kız zarar görürse ikinci taksit yok."

"Kim ödeyecek? Sen mi?"

"Seni ilgilendirmez," diye tersledi ve elindeki kahve fincanını mutfağa bırakıp içki dolabına yöneldi. Gün içinde nadiren içki içerdi ama bu sıradan bir gün değildi. Bir sonraki aramayı yapmadan önce bir martini içmesi gerekiyordu.

Zohra'nın annesi sinir krizi geçiriyordu. "Çocuğuma ne yapacaklar?" diye feryat ediyordu. "Ona o toplantıya gitmemesini söylemiştim.... Ona ne olacak...?"

Gülnaz teselli edici sesler çıkararak hıçkırıklarının dinmesini bekledi. Yavaşça, "Daha yüksek biriyle temasa geçtim. Onu serbest bıraktırmaya çalışıyoruz."

"İnşallah. Dua etmeye devam edeceğim."

Gülnaz martinisini yudumlarken rüşvetten ve miktarından bahsetmeye dili varmıyordu. "Kocanızla konuşabilir miyim?"

"Tabii ki, tabii ki."

Gülnaz onun seslendiğini duyabiliyordu, sonra bir erkek sesi devraldı. "Merhaba".

"Ben Zehra'nın okulunun müdürüyüm. Zehra'nın serbest bırakılması için üst düzey biriyle irtibata geçtik. Çok büyük bir meblağ istiyorlar." Rakamdan bahsetmek için sesini alçalttı.

Sesi kırıldı. "Ben bu kadarını ayarlayamam."

"Ne kadarını ayarlayabilirsin? Gerisini okul halleder."

Rahat bir nefes aldı. "Yarım saat içinde söylerim."

"Ne kadar erken olursa o kadar iyi. Hapishanede ona nasıl davranıldığını bilmiyoruz."

Gülnaz tekrar televizyonu açarak koltuğa gömüldü. Aynı gazeteci istatistikler veriyordu: Yirmi altı kişi tutuklandı. Dört yaralı. Biri vuruldu. Sokak protestoculardan temizlenmişti. Etrafa taş ve cam kırıkları saçılmıştı. Üç polis minibüsü protestocuların bulunduğu yere park etmiş, yalnız bir polis de el koydukları bir broşürü karıştırıyordu. Jamshedji Lisesi kargaşanın sessiz bir tanığıydı.

Gülnaz okulunun zarar görmeden ayakta durduğunu görünce rahatladı. Okul elli yıldan uzun bir süre önce büyükbabası tarafından inşa edilmişti. Birbirini izleyen rejimlerin getirdiği baskıcı kısıtlamalara rağmen kız çocuklarının zihinlerini geliştirme arzusuyla okulu devralmıştı. Büyükbabası temel okuryazarlık eğitimi veren bir ilkokul açmıştı. Gülnaz iki kat ekleyerek okulu onuncu sınıfa kadar genişletmiş.

İran'da yaşamalarına rağmen, Gülnaz'ın ailesi Müslüman değil, M.Ö. 600 yıllarında yaşamış bir peygamber olan ve dönemin pastoral toplumunda çok tanrıcılık yaygın bir uygulamayken tek Tanrı inancını ilk vaaz eden Zarathuştra'nın takipçileriydi. İslami zulüm altında birçok Zerdüşt Hindistan'a kaçmış ve burada çiftçi olarak işe başlamış ancak daha sonra başarılı işletmeler kurmuşlardır. Göç eden ilk grup Pars bölgesinden geldiği için Hindistan'da Parsiler olarak adlandırıldılar. Ancak inançlarına bağlı küçük bir grup İran'da kalmaya devam etti.

Kızların eğitimine ilişkin kurallar sürekli olarak yeniden şekillendirildiği için Gülnaz, babasının erkek kardeşinin göç ettiği Bombay'da bir Parsi-Zoroastrian Vakfı tarafından yönetilen prestijli bir okula gönderildi. Müslüman kızlar da dahil olmak üzere pek çok kızın başörtüsüz olduğunu gördüğünde yaşadığı ilk şaşkınlığı her zaman hatırlayacaktır. Memleketinde başörtüsü altı yaşından büyük tüm kızlar için zorunluydu.

Ergenlik çağına geldiğinde açık ve kapsayıcı bir ahlak anlayışını benimsemiş, biyoloji ve kimya derslerinde başarılı olmuş ve bu da ailesinin onu doktor olması için teşvik etmesine neden olmuş. Ancak İran'daki erken yaşamı ile Bombay'da öğrendikleri arasındaki tezat, değişim yaratma arzusunu körükledi. Eğitim bölümünden mezun olduktan sonra, kız çocuklarına kendi yaşadığı hayatı tattırmaya kararlı bir şekilde İran'a döndü.

Gülnaz karma eğitime izin verilmediğinin farkındaydı ama kızların eğitimine getirilen kısıtlamalar onu şoke etti. Bilim ve teknoloji yasaklanmış derslerdi. Kızlar için müfredat beslenme, çocuk yetiştirme, yemek pişirme ve sağlıkla sınırlıydı ve kadınları ev dışında herhangi bir kariyerden mahrum bırakıyordu.

Gülnaz tüm öfkesine rağmen bir okul işletmenin hükümetle muhatap olmayı gerektirdiğini fark etti. Kendisinin de başarılı olduğu konuları müfredata dahil etmesi mümkün değildi. Öğrencilerin zihinlerini dar duvarların ötesine taşımak için sistemin içinde ve çevresinde çalışması gerekecekti.

İlk adımı, kızların okul içinde başörtülerini çıkarmalarına izin vermek oldu. Birkaç ay sonra son sınıflar için haftalık bir genel bilgi oturumu başlattı. Öğretmenler, Japonya'nın yaşlanan nüfusu, Amerika'nın uzaya yaptığı geziler, küresel ısınma ve bunun iklim değişikliği üzerindeki etkisi gibi güncel konuları siyasi açıdan tarafsız bir tonda tartışacaklardı.

Kendisi de yurtdışında eğitim görmüş olan öğretmenlerinden Tehzeeb, Gülnaz'ın genç zihinleri uyandırma tutkusunu paylaşıyordu. Küresel ısınma dersinde Greta 'Thurnberg'in Fridays for the Future (Gelecek için Cumalar) kampanyasını getirir, Japonya'nın nüfusu hakkındaki konuşmalara kadınların ev dışında çalışmasının önemi hakkında yorumlar eklerdi. Zohra dikkatle dinleyen ve tartışmalara aktif olarak katılan kızlar arasındaydı.

Öğrenciler, tepeden tırnağa siyahlara bürünmüş kadınların resmedildiği yeni kitap setlerini aldıklarında Zohra şu yorumu yaptı: "Televizyonda şık giyimli kadınlar görüyoruz. Ders kitaplarında neden çekici giyimli kadınlar gösterilmiyor?"

"Kitaplar resmidir. Hükümetlerimizin politikalarını gösterirler," diye yanıt verdi babası Maliye Bakanlığı'nda üst düzey bir görevde bulunan Fatima.

"Sadece İran'da bu kurallara takılıp kalmışız. Dünyanın her yerinde kadınlar modaya uygun giyinir."

"Bu yüzden erkekler onlara kötü şeyler yapıyor."

Delara homurdandı. "Avrupa'da bütün kadınlar iyi giyinir. Tecavüze uğramazlar."

Fatma tecavüz kelimesini duyunca irkildi. Diğerlerinin aksine o okulda başörtüsünü çıkarmayan, sadece yüzünü örten eşarbı indiren bir avuç insandan biriydi. Şimdi eşarbını hızla tekrar yukarı çekti. Kızlar kıkırdadı.

"Kimse sana tecavüz etmeyecek, Fatima. Burada hepimiz kızız," diye kıkırdadı Zohra. "Parlak bir ruj kullanmayı, gözlerimi süslemeyi seviyorum. Fransa'da tatildeyken insanlar beni görünce gülümsüyorlardı. Güneşi teninde hissetmek, rüzgârın saçlarını savurması çok güzel."

"Şeytanı davet ediyorsun!" diye bağırdı Fatima şok içinde.

Tartışma giderek hararetleniyordu. Tehzib araya girmek zorunda kaldı. "Oreal'in çıkardığı yeni şampuanı kim denedi?" Araya girerek konuyu değiştirdi ve kızların markalar üzerine güvenli bir şekilde tartışmasını sağladı.

Bu hazırlıksız sohbetin yankıları olabileceğinden endişelenen Tehzeeb, tartışmayı müdüre bildirmişti. Şimdi Gülnaz, Fatima'nın tartışmayı babasına bildirip bildirmediğini, polisin Zohra'yı tutuklamak için seçmesinin arkasında bunun olup olmadığını merak ediyordu. Evet, okul zihinleri açmaktan gururla sorumluydu, diye düşündü. Bu aynı zamanda onu öğrencilerin geleceğinden de sorumlu kılıyordu. Eğer bu gelecek bir tutuklamayı içeriyorsa, okulun öğrencilere destek olma görevi vardı.

Asfandiar'ı aramasının üzerinden iki saat geçmişti. Zohra'ya nezarethanede neler oluyordu? Herkes kızların dövüldüğünü, işkence gördüğünü duymuştu. Asfandiar bunu engellemeyi başarmış mıydı? Neden telefona cevap vermiyordu?

Zehra'nın babası da geri aramamıştı. Parayı ayarlayamamış mıydı? Masrafın yarısından fazlasını karşılamaya hazırdı. Ona söylemeli miydi?

Çalan telefonunun tiz sesi onu sarstı. Asfandiar değil. Zohra'nın ailesi değil. Bilinmeyen bir numaraydı. Arayan Delara'ydı, Zohra'nın en yakın arkadaşı, sesi garip bir şekilde kısıktı.

"Hanımefendi, Zohra'dan haberiniz var mı?

"Evet Delara. Bazı üst düzey yetkililerle temasa geçtik. Onu serbest bıraktırmaya çalışıyoruz."

"Buna gerek kalmayacak. O öldü."

"Ne!"

"Onu öldürdüler." Delara'nın sesi hıçkırıklara boğuldu.

"Ne diyorsun sen! Nereden biliyorsun!"

"Polis cesedini almaları için ailesini aradı."

"Emin misin?"

Delara'nın hıçkırıkları kelimelerin söyleyemediğini doğruluyordu. Gülnaz gözyaşlarının yanaklarından süzüldüğünü fark etti, elleri telefonun üzerinde donup kalmıştı, arkadaşını kaybeden kıza teselli edici sözler söyleyemiyordu. Sonunda Delara sisi yarıp geçti.

"Bazılarımız cevap almak için karakola gidiyor."

"Delirdin mi sen! Sizi de tutuklayabilirler!"

"Hanımefendi, biz deli değiliz. Onlar deli! Sadece bir poster taşıdığı için birini öldürmeye nasıl cüret ederler!"

"Zohra hangi posteri taşıyordu?"

"Her zamankinden. Zan. Zendagi. Azadi."

"Poster taşımayın! Protesto etmeyin! Bu adamlar acımasız. Güvende kalın! Sizi kaybetmek istemiyoruz!" diye haykırdı Gülnaz, sesi bir kreşendo gibiydi.

Delara telefonu kesti.

Gülnaz şokun ötesindeydi. Sandalyesinde yığılıp kalmış, düşünceler, duygular kafasında kümeler halinde toplanmıştı. Bir blok oluşturuyordu. Ayrılamıyordu. Keder. Korku. Sorumluluk.

Okulu bu cesur kadınları yetiştirmişti. Gurur duymalı mıydı? Okulu aynı zamanda Zohra'nın ölümüne de zemin hazırlamıştı. Yanlış bir yol mu izliyordu? Ama tiranların yönetimine boyun eğmek doğru muydu? Bir okul sadece gevşek stereotipler mi üretmeli? Bu eğitim ahlakına aykırı değil miydi?

Uzun bir süre sonra Gülnaz'ın gözleri Martini'ye takıldı. Bir yudumda içti ve ayağa kalktı. Martini kafasını boşaltmıştı. Ne yapması gerektiğini biliyordu.

Karakolda kız arkadaşlarına katılacaktı. Bir poster tutacak ve onlarla birlikte slogan atacaktı. O gür, böğüren, otoriter sesiyle ki bu yüzden ona 'savaş tankı' deniyordu.

Yazar Hakkında

Meher Pestonji

Meher Pestonji, tiyatro, sanat ve yaratıcı insanlarla röportajlar yaparken, sokak çocukları, konut hakları ve komünalizm konularında yazan, zamanın güncel konularına katılan deneyimli bir gazetecidir.

'Mixed Marriage and Parsi stories' (HarperCollins India), 'Pervez' (HarperCollins India) ve 'Sadak Chhaap' (Penguin India) adlı kısa öykü ve romanları yayımlanmıştır.

Ayrıca oyun senaryoları da yazmıştır. 'Satılık Piyano' 2005-06 yıllarında Bombay ve Delhi'de sahnelenmiştir. 'Feeding Crows' 2008 yılında BBC/British Council Radyo Oyun Yazarlığı Yarışması'nın Güney Asya bölümünü kazandı. 'Dönüm Noktası'nın dijital performansı 2021'de büyük beğeni topladı.

Meher, Facebook'taki uluslararası şiir gruplarında aktif olarak yer almaktadır. Fin Hall'un 'I Ache in the Places I used to Play' ve Marissa Prada'nın 'American Graveyard' gibi prestijli uluslararası antolojilerde şiirleri bulunmaktadır. Yakın zamanda ilk 'Şiirler' koleksiyonunu yayımladı.

www.ingramcontent.com/pod-product-compliance
Lightning Source LLC
LaVergne TN
LVHW041611070526
838199LV00052B/3102